이 책을 재미있게 읽을
나의 소중한 친구

에게

_____

요술 연필 페니 4 기상천외한 스포츠 축제

초판 1쇄 발행 2022년 4월 15일

글쓴이 에일린 오헬리 | **그린이** 니키 펠란 | **옮긴이** 신혜경
펴낸이 홍성우 | **책임 편집** 김희전 | **디자인** 씨오디 color of dream
펴낸곳 기린미디어 | **등록** 2016년 4월 26일 제 409-2016-000009호
제조국 대한민국 | **주소** 경기도 김포시 모담공원로 17 | **사용연령** 8세 이상
전화 0505-302-2381 | **팩스** 0505-300-2381 | **전자우편** girinmedia@daum.net

ISBN 979-11-91142-47-1 74840
     979-11-91142-43-3 (세트)

*책값은 뒤표지에 표시되어 있습니다.
*파본이나 잘못된 책은 구입하신 곳에서 바꿔드립니다.
*종이에 베이거나 긁히지 않도록 조심하세요. 책 모서리가 날카로우니 던지거나 떨어뜨리지 마세요.

④ 기상천외한 스포츠 축제

요술 연필 페니

에일린 오헬리 글 · 니키 펠란 그림 · 신혜경 옮김

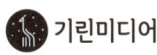

기린미디어

차례

등장인물

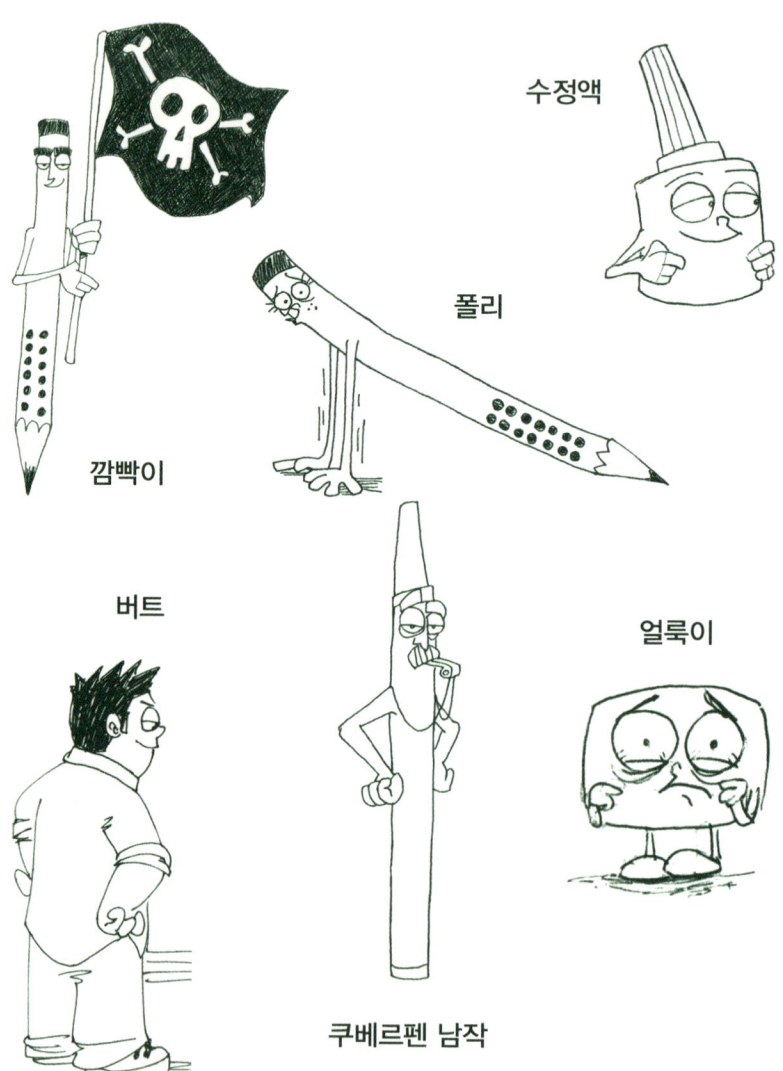

수정액

폴리

깜빡이

버트

얼룩이

쿠베르펜 남작

페니

검은 매직펜

사라

랄프

페인 선생님

맥

1

새로운 선생님

때르르르르르르릉!

점심시간 끝나는 종이 온 학교에 울려 퍼졌다. 이제 교실로 돌아가야 할 시간이었다.

대부분의 아이들이 그렇듯이 스워드 선생님 반 학생들도 언제나 점심시간이 끝나는 것을 무지무지 아쉬워했다. 하지만 아이들 필통 속에 가지런히 들어 있는 필기구들은 오후 수업이 시작되기만을 손꼽아 기다렸다.

키 작은 빨강 머리 소년 랄프의 필통 속은 벌써 술렁이기 시작했다.

"자, 어서들 자기 자리를 지키자!"

랄프 필통을 이끌고 있는 친절한 수정액이 말했다.

필기구들이 두 줄로 늘어섰다. 한 줄은 랄프가 받아쓰기

나 수학 시험처럼 중요한 때 사용하는 연필 페니 뒤에, 또
한 줄은 랄프가 그림을 그릴 때 주로 쓰는 빨강 샤프 맥 뒤
에 자리를 잡았다.

지우개 얼룩이는 맥과 페니 사이로 비집고 들어갔다. 요
즘은 랄프가 실수하는 일이 그리 많지 않았지만, 재빨리 지
워야 할 경우에 대비해서 얼룩이는 항상 맥과 페니 곁에 바
짝 붙어 있었다.

아이들의 발자국 소리가 가까워질수록 필기구들의 웅성거

림도 커졌다. 곧이어 낯익은 목소리가 들려왔다. 필통 주인
인 랄프와 랄프의 단짝 사라였다.

"난 정정당당하게 이긴 거다."

"말도 안 돼."

랄프가 신이 나서 말하자 사라가 투덜거렸다.

"일부러 한발 뒤에서 달리기 시작했는데도 이긴 걸 나보
고 어쩌란 말이야."

랄프가 의자에 앉으며 자랑스럽게 얘기했다.

"나를 앞지른 다음에 '출발!'이라고 외쳤으면서, 한발 뒤에서
달리기 시작한 게 뭐가 그렇게 대단하다는 건지 모르겠다."

사라는 랄프 옆자리에 털썩 앉으며 맞받아쳤다. 그러자 랄
프가 필통을 열면서 중얼거렸다.

"내가 너보다 더 잘하는 게 있어서 화났구나."

"흥!"

사라가 자기 연필 폴리를 꺼내면서 콧방귀를 뀌었다.

필통 밖으로 나와 늘어지게 기지개를 켜던 폴리의 두 눈
이 휘둥그레졌다. 사라가 폴리를 책상에 내려놓더니 필통
속에서 연필깎이를 꺼냈기 때문이다. 사라는 폴리의 발을

연필깎이에 꽉 끼웠다. 그러고는 폴리의 몸통을 거칠게 돌리기 시작했다.

폴리의 몸을 덮고 있던 나무가 벗겨지고 그 안에 든 연필심이 뾰족하게 갈리는 동안, 가여운 폴리는 계속 비명을 질러 댔다.

"아야아야아야아야아야!"

열린 지퍼 사이로 고개를 쏙 내밀고 지켜보던 페니가 울음을 터뜨렸다.

"도대체 사라가 폴리한테 무슨 짓을 하는 거야? 저렇게 뾰족하게 깎을 필요는 없잖아! 정말 너무해!"

랄프가 공책을 펼치고 필통 밖으로 삐죽 튀어나와 있는 페니를 집어 들었다. 사색이 된 페니가 랄프를 향해 두 눈을 부릅떴다.

"설마 너도 나한테 저런 짓을 할 생각은 아니겠지, 친구."

하지만 랄프는 사람이기 때문에, 페니나 다른 필기구들이 하는 말을 들을 수 없었다.

갑자기 날카로운 소리가 교실 안에 울려 퍼졌다. 그러자 아이들의 웅성거림이 쏙 들어가고 동시에 모두의 시선이 교실 앞쪽으로 향했다. 칠판 앞에 서 있는 사람은 담임인 스워드 선생님이 아니었다. 처음 보는 우락부락한 모습의 여자 분이 군복을 입고 목에 호루라기를 걸고 있었다. 안 그래도 험상궂은 얼굴을 잔뜩 찌푸린 채로.

"점심은 맛있게 먹었나, 제군들? 나는 새로 온 보건 교사 페인 선생님이다."

우락부락한 인상의 그분이 외쳤다.

"보건 선생님? 지금은 수학 시간인데……."

사라가 시무룩하게 중얼거렸다.

페인 선생님이 분필을 집어 들더니 칠판 위에 '학보자달'이라는 네 글자를 썼다.

"이게 무슨 뜻인지 아는 학생?"

아이들을 향해 돌아서며 페인 선생님이 말똥말똥한 눈빛으로 질문을 던졌다.

학교 도서관에 있는 책이라면 사전까지 몽땅 읽은 사라가 손을 번쩍 들고 대답했다.

"그런 단어는 없……."

"뭐라고?"

페인 선생님이 버럭 소리를 질렀다.

"그런 단어는 없는……"

사라가 다시 한번 말하려는데, 페인 선생님이 쉿소리를 냈다.

"아니, 아니, 아니야! 그리고 없는 건 이 단어가 아니라 학생의 예의 같은데. 뉘우치는 뜻으로 반성문 100줄을 쓰도록. 학생 이름이 뭐지?"

"사, 사라요."

얼굴이 온통 붉게 변한 사라가 겨우 입을 떼었다. 사라는 전교에서 제일 똑똑한 학생이었다. 뿐만 아니라 지금껏 수업 시간에 야단을 맞거나 반성문을 쓴 적은 한 번도 없었다.

"사라. 성이 어떻게 되지?"

페인 선생님이 큰 소리로 물었다.

"사라 모나건이요."

사라가 아주 작은 목소리로 대답했다.

"모나건. 학생 말이 맞아. 이런 단어는 없다. '학보자

달’은 ‘학교 보건 자각의 달’이라는 말의 머리글자를 모은 거
니까.”

페인 선생님이 이맛살을 잔뜩 찌푸리며 설명을 하더니 아
이들을 향해 질문을 던졌다.

“비만에 대해 들어 본 사람 있나? 구루병이나 통풍은?”

모두들 사라를 빤히 쳐다보았다. 하지만 이번만은 사라도
입을 꾹 닫은 채 손을 들지 않았다.

페인 선생님이 우렁차게 소리쳤다.

“이건 모두 건강의 기초를 위협하는 질병들이다! 구루병은
뼈의 발육이 좋지 못해 척추가 휘는 병으로 비타민 D가 부족
해서 생기지. 통풍은 팔다리 관절에 염증이 생겨서 엄청난 통
증이 유발되는 병이고. 이런 질병들이 생기는 가장 큰 원인은
나쁜 식습관과 운동 부족이다.”

페인 선생님은 숨도 쉬지 않고 다다다 말을 계속했다.

“나의 임무는 너희가 올바른 식사 습관을 갖게 하고, 너희
의 허약한 육체를 강인하게 만들어 주는 것이다. 너희가 받
아들이든 말든, 그것은 조금도 중요하지 않다. 자, 모두 연
필을 내려놓는다! 그리고 자리에서 일어나서 운동장으로 달

려간다! 제일 늦는 녀석은 팔굽혀펴기 스무 번이다. 실시!"

말이 끝나기가 무섭게 페인 선생님이 호루라기를 힘껏 불었다. 농담이 아니라는 사실을 강조하기 위해서였다. 아이들은 누가 먼저랄 것도 없이 자리에서 벌떡 일어났다. 그리고 허둥지둥 교실 밖으로 달려 나갔다. 책상 위에 연필들을 그대로 남겨 둔 채로.

쿠베르탱, 아니 쿠베르펜 남작

교실이 텅 비자 페니와 맥, 수정액과 지우개 얼룩이가 사라의 책상으로 깡충깡충 뛰어갔다. 뾰족하게 깎여 버린 폴리를 위로하기 위해서였다.

"믿을 수가 없어. 반성문을 100줄이나 쓰라니. 내 연필심은 몽땅 닳아 버리고 말 거야!"

폴리가 한숨을 푹 내쉬었다.

"미리부터 걱정하지 마. 틀림없이……."

페니는 폴리를 위로하려다 교실 앞쪽에서 들려오는 귀청이 터질 듯한 소리 때문에 그만 입을 다물고 말았다. 다른 필기구들도 모두 소리가 나는 방향으로 고개를 돌렸다. 분필들을 올려놓는 칠판 앞 선반 위에 목에 호루라기를 건 황갈색 펜이 서 있었다.

"뭣들 하고 있수와?"

황갈색 펜이 다그쳐 물었다.

"저 아저씨가 지금 뭐라는 거야?"

맥이 고개를 갸우뚱하며 말했다. 그러자 황갈색 펜이 호통을 쳤다.

"정숙!"

"도대체 누구신데 우리한테 조용히 하라고 하세요?"

페니가 용기를 내어 물었다.

"나는 쿠베르펜 남작이수와. 자네들이 놀라운 일을 해낼 수 있도록 도우러 왔수와."

새로운 펜의 말투는 아주 낯설었다.

"저게 어느 나라 말투야?"

지우개 얼룩이가 맥에게 속삭였다.

"프랑스어 같수와."

맥이 황갈색 펜의 낯선 말투를 흉내 내며 소곤거렸다.

"지금 누가 속삭였수와?"

쿠베르펜 남작이 물었다.

"아, 아니에요. 말씀하세요, 쿠베르펜 남작님."

수정액이 맥과 지우개 얼룩이를 쏘아보며 말했다.

"이런 세상에! 내 평생 자네처럼 토실토실한 필기구는 본적이 없수와!"

쿠베르펜 남작이 탄성을 질렀다. 그리고는 수정액을 좀 더 자세히 보려고 총총걸음을 치며 랄프 책상으로 향했다. 적당한 곳에 자리를 잡은 쿠베르펜 남작이 말을 이었다.

"자네라면 최고의 성과를 이룰 수 있겠수와. 이번 달 말, 학보자달이 끝날 무렵이면 자네는 제일 호리호리하고 날씬한……. 근데 자네 정체가 도대체 뭐수와?"

"수정액인데요."

수정액이 쿠베르펜 남작을 향해 눈을 치켜떴다.

그러자 쿠베르펜 남작은 얼굴이 황갈색에서 우중충한 개구리 빛으로 변하더니 다시 천천히 입을 열었다.

"수정액이라……."

쿠베르펜 남작이 침을 한 번 꿀꺽 삼키고는 말을 이었다.

"그렇군. 미처 몰라봐서 이거 정말 미안하게 됐수와. 그렇다고 기분이 상한 건 아니겠지?"

"괜찮으니 그냥 하려던 말씀이나 계속하수와."

수정액이 쿠베르펜 남작의 말투를 흉내 내자, 랄프의 필기구들이 여기저기서 키득키득 웃었다. 하지만 쿠베르펜 남작은 아랑곳하지 않았다.

"나에게는 꿈이 하나 있수와. 세상에서 가장 근사하고,

멋지고, 즐거운 필기구들의 스포츠 축제, 펜슬림픽을 여는 거지."

"펜슬림픽? 그런 단어는 써 본 기억이 전혀……."

페니가 고개를 갸웃거렸다.

"없는 게 당연하지. 내가 만들었으니까!"

쿠베르펜 남작이 버럭 고함을 질렀다. 페니가 불쑥 끼어든 것이 아무래도 기분 나쁜 모양이었다.

"그 펜슬림픽이라는 게 도대체 뭔데요?"

폴리가 새로 뾰족하게 깎인 발가락으로 조심스럽게 다가와 물었다.

"승리의 기쁨을 만끽할 기회지."

쿠베르펜 남작이 대답했다.

그 순간 필기구들의 마음속에 자리 잡았던 쿠베르펜 남작에 대한 경계심이 눈 녹듯이 사라져 버렸다. 모두들 펜슬림픽에서 승리의 기쁨을 만끽하는 자기의 모습을 상상하느라 바빴다.

쿠베르펜 남작이 팔짱을 낀 채 다시 입을 열었다.

"하지만 그러기에 앞서, 참가 자격을 갖춘 필기구를 선발

해야 하수와. 말하자면 예선전인 셈이지. 그러니 교실의 모든 필기구들은 어서 네 줄로 서도록!"

쿠베르펜 남작의 호루라기 소리와 함께 교실 안에 있는 모든 필통의 필기구들이 밖으로 뛰어나왔다. 그리고 순식간에 네 줄로 반듯하게 늘어섰다.

"제자리에, 뛰어올라! 두 무릎 펴고!"

쿠베르펜 남작이 소리쳤다. 그러고는 일정한 간격으로 호루라기를 불면서 제자리에서 통통 뛰어 보였다.

"핫, 둘, 셋, 넷. 핫, 둘, 셋, 넷. 힘내수와, 토실토실한 친구."

쿠베르펜 남작이 수정액을 쳐다보며 말했다.

"무릎이 도대체 뭐야?"

지우개 얼룩이가 슬쩍 물었다.

"뭔데 두 개나 있다는 거야?"

맥도 궁금함을 참지 못하고 끼어들었다.

"나도 모르겠어. 그냥 제자리뛰기나 하자고!"

페니가 대답했다.

필기구들이 더는 뛰지 못하겠다고 생각했을 때, 쿠베르펜 남작이 호루라기를 불어 멈추라는 신호를 보냈다.

"모두 바닥에 엎드리수와. 팔굽혀펴기 실시! 굽혔다, 폈다, 굽혔다, 폈다……."

쿠베르펜 남작이 직접 시범을 보였다.

"도저히 못하겠어. 사라도 나한테 이렇게 힘든 일을 시킨 적이 없었는걸. 제일 어려운 수학 시험을 준비할 때도 이보다는 훨씬 수월했다고."

폴리가 페니에게 투덜거렸다. 그러자 쿠베르펜 남작이 버럭 소리를 질렀다.

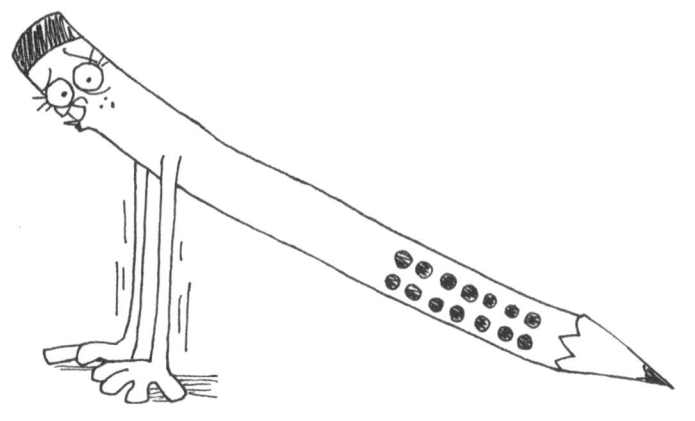

"아직 수다 떨 기운이 남아 있는 걸 보니, 팔굽혀펴기 스무 번은 거뜬히 더 할 수 있겠수와."

"스무 개나 더요?"

페니가 숨을 헐떡이며 물었다.

"왜, 그 정도로는 부족하수와? 그럼 서른 번 실시!"

쿠베르펜 남작이 외쳤다.

페니는 자기 의견을 좀 더 주장하고 싶었지만 그럴 만한 기운이 남아 있지 않았다. 그리고 괜한 고집을 부려서 쿠베르펜 남작의 화를 돋우고 싶지도 않았다. 그랬다가는 팔굽혀펴기 횟수만 늘어나 버릴 게 뻔했다.

팔굽혀펴기가 일곱 번 남았을 때, 복도에서 아이들의 발자국 소리가 들려왔다. 그리고 페인 선생님의 목소리도 쩌렁 쩌렁 울려 퍼졌다.

"발 맞춰서 왼발, 오른발, 왼발, 오른발."

쿠베르펜 남작이 다급하게 호루라기를 불었다.

"책상으로 돌아가수와. 잽싸게!"

필기구들도 그러려고 했지만 계속된 제자리뛰기와 팔굽혀 펴기 때문에 모두 너무 지쳐 있었다. 그래서 페인 선생님이 교실 문을 벌컥 열고 들어올 때까지 대부분의 필기구들은 제자리로 돌아가지 못했다. 교실 바닥 여기저기에 엉망으로 흩어져 있는 필기구들을 본 페인 선생님이 호루라기를 힘껏 불더니 큰 소리로 외쳤다.

"이게 무슨 난장판이지?"

아이들도 저마다 놀란 눈으로 교실 안을 두리번거렸다.

"어떻게 이런 일이……."

랄프가 제일 먼저 입을 열었다.

"교실이 말끔하게 정리되고, 각자 반성문 100줄씩 쓰기 전 까지는 아무도 집에 못 갈 줄 알아!"

페인 선생님이 고함을 질러 댔다.

　녹초가 된 아이들은 사방으로 흩어진 필기구들을 집어 들고는 각자 자리로 가서 털썩 앉았다. 100줄의 반성문을 쓰는 데 다른 날보다 두 배는 더 긴 시간이 걸렸다. 하지만 모두가 페인 선생님 수업이 너무 힘들었기 때문이라고만 생각했다. 반성문을 쓰고 있는 필기구들도 자기들만큼 지쳐 있다는 사실을 눈치챈 아이는 아무도 없었다!

　마침내 랄프가 페니를 필통 속에 넣었다. 그러자 걱정스러운 표정의 필기구들이 필통 입구 쪽으로 모여들었다.

"도대체 필통 밖에 무슨 일이 있는 거야?"

지우개 얼룩이가 물었다.

"페인 선생님이 반성문을 쓰라고 했어. 100줄씩이나. 믿어지니? 그것도 쿠베르펜 남작한테 혹독한 훈련을 받자마자 말이야."

페니가 말했다.

"이런 식이면 난 한 달도 못 버틸 것 같아."

키 큰 노란 색연필이 한숨을 푹 쉬었다.

"한 달? 나는 일주일도 못 가겠는걸."

자그마한 키의 초록 색연필도 웅얼거렸다.

"페인 선생님하고 쿠베르펜 남작이 한 팀이 되어 덤빈다면, 난 내일 하루 견디기도 힘들 거야."

반성문을 쓰느라 녹초가 된 페니가 투덜거렸다.

"그럼 가여운 폴리는 어쩌지? 사라는 다른 사람보다 반성문 100줄을 더 써야 하잖아."

맥이 걱정스러운 목소리로 물었다. 그러자 페니가 말했다.

"사라가 제일 먼저 끝냈는걸. 평소처럼 말이야. 정말 대단해.”

그때 랄프의 필기구들 중 제일 작고 뾰족한 초록 색연필이 입을 열었다.

“이런 말을 하게 될 줄은 정말 몰랐지만, 어쨌거나 사라가 폴리를 뾰족하게 깎아 두길 잘한 것 같아.”

“이대로 있다가는 펜슬림픽이 시작되기도 전에 우리 모두 닳아 없어지고 말 거야.”

페니가 발끝을 살피며 얘기했다.

“흠흠.”

지금껏 가만히 듣고만 있던 수정액이 헛기침을 했다.

“왜 그래, 수정액?”

맥이 물었다.

“쿠베르펜 남작님을 믿어도 될지 모르겠어.”

“왜, 너를 토실토실하다고 놀려서?”

그러자 수정액이 딱 잘라 말했다.

“아니. 지금은 학업에 집중해야 할 때잖아. 그런데 우리를 준비된 경쟁으로 몰아붙이는 쿠베르펜 남작님의 방식이 마음에 들지 않는 것뿐이야. 아이들이 돌아올 때까지 그렇게 나뒹굴도록 내버려 둔 것도 정말 무책임하고!"

페니와 다른 필기구들은 수정액이 그렇게 화내는 모습을 본 적이 없었다. 모두들 당황한 나머지 한동안 서로를 멍하니 쳐다보기만 했다.

다시 말문을 연 것은 맥이었다.

"이봐, 친구. 진정해. 새로운 곳으로 옮겨 와서 그렇게 희한한 행동을 하는지도 몰라. 그러니까 적응할 때까지 남작님에게 하루 이틀 시간을 좀 드리자고."

"그래. 필통 안으로 처음 들어온 날, 맥이 얼마나 무섭게 화냈는지 모두들 기억하지?"

지우개 얼룩이가 고개를 끄덕이며 맞장구를 치자 맥이 눈을 살짝 흘기며 말했다.

"그런 사소한 것까지 기억해 주다니. 정말 눈물 나게 고맙다, 친구."

"하아아아암. 얘들아, 그 얘기는 조금 있다 다시 하면 안 될까? 운동에다 반성문까지 썼더니, 난 완전히 녹초가 됐어. 우리 잠을 좀 자면 어때?"

페니가 늘어지게 하품을 했다.

"그래, 페니 말이 옳아. 모두 내일을 위해 좀 쉬어 두어야 하고말고."

수정액이 얕은 한숨을 내쉬었다.

'물론이야. 펜슬림픽에서 승리하려면 그래야 하고말고!'

페니는 속으로 생각하며 곧 깊은 잠에 빠져들었다. 그리고 커다란 금메달을 목에 건 채 제일 높은 단상에 올라서는 행복한 꿈을 꾸었다.

3

"그리 달갑지 않은 소식"

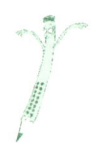

페인 선생님은 오전 운동이 건강에 훨씬 좋다고 주장했
다. 오랜 설득 끝에 교장 선생님과 스워드 선생님도 고개를
끄덕였다. 그래서 아이들은 아침마다 운동장 돌기, 공 던지
기, 아령 들고 팔운동 하기, 줄넘기, 그밖에도 페인 선생님
이 생각해 낼 수 있는 숨찬 운동들을 모두 해내야 했다.

"숨이 차다는 건 건성으로 하지 않는다는 거다. 그리고 난
개인적으로, 건성건성 하는 녀석들을 아주 싫어한다."

늦장을 부리는 사람이 없는지 확인하느라 운동장을 돌면
서, 페인 선생님이 목청을 높였다.

체육 수업이 끝날 무렵이면 아이들은 모두 녹초가 되었다.
점심 먹을 기운도 없고 오후 수업 때 눈을 뜨고 있는 것도
거의 불가능할 정도였다. 사라마저도 쉴 새 없이 새 나오는

하품을 참느라 애를 먹었다.

수업을 마치는 종이 울리자, 랄프와 사라도 가방을 챙기고 교실 문을 향해 천천히 걸어갔다. 랄프가 문 앞에 멈춰서서 사라에게 다정하게 말했다.

"숙녀 먼저."

"미안하지만 내가 먼저."

랄프 뒷자리에 앉는 말썽꾸러기 버트가 두 사람 사이를 비집고 지나가더니 놀리기 시작했다.

"안녕, 내 사랑 설탕. 잘 자, 꿀물. 내 꿈 꿔!"

버트의 기분 나쁜 웃음소리가 복도에 울려 퍼졌다.

사라가 메고 있던 가방을 바닥에 툭 떨어뜨렸다. 그리고

입까지 벌린 채 버트의 뒷모습을 멍하니 바라보았다.

"너 괜찮아? 저 녀석 때문에 기분 상했지?"

랄프가 걱정스럽게 묻자 사라가 고개를 저으며 중얼거렸다.

"천재야."

랄프가 도저히 믿을 수 없다는 표정으로 물었다.

"누가? 버트가?"

사라는 대답 대신 버트 녀석의 뒤통수를 멍하니 바라보며 다시 한번 중얼거렸다.

"진짜 천재야."

랄프는 혼란스러워 고개를 갸웃하며 다시 물었다.

"지금 우리가 얘기하는 버트가 같은 녀석 맞지?"

"너, 쟤가 하는 말 못 들었어? 설탕, 꿀물……."

사라는 랄프를 빤히 쳐다보며 대답을 기다렸다. 하지만 랄프는 여전히 뭐가 뭔지 모르겠다는 표정으로 어깨만 으쓱해 보였다.

"케이크를 만들어야 해!"

사라가 외쳤다.

"저 녀석한테 케이크를 만들어 주자고?"

휘둥그레진 눈으로 랄프가 물었다.

"아니, 그럴 리가. 들어 봐. 설탕과 꿀은 우리에게 에너지가 되어 주거든. 그러니까 오전에 간식으로 케이크를 먹어 두면, 오후 수업 시간까지 쓰기에 충분한 에너지를 얻을 수 있을 거라는 말씀이지!"

그 말을 들은 랄프의 표정이 환해졌다.

"그러니까 우리가 먹을 케이크를 만들자는 거지? 버트한
테 줄 게 아니고?"

"물론이지! 케이크 만드는 것 좀 도와줄래?"

"당연히 도와야지!"

랄프가 신이 나서 고개를 끄덕였다.

✳

다음 날 쉬는 시간, 사라와 랄프는 운동장 한쪽 구석으로
친구들을 조용히 불러 모았다. 그곳이 버트의 눈과 주먹을
피하기에 제일 적당한 장소였기 때문이다. 사라가 상자를 열
자, 갓 구운 케이크의 달콤한 향기가 코끝에서 맴돌았다. 모
두들 침을 꿀꺽 삼켰다.

사라가 친구들의 수를 세었다. 그리고 그 수에 꼭 맞게 케
이크를 자른 다음 친구들에게 내밀었다.

"음, 초콜릿 크림 케이크네. 내가 제일 좋아하는 거야."

루시가 제일 큰 조각을 골라 들면서 말했다.

"이거 정말 환상적이다!"

손이 케이크 한 조각을 거의 씹지도 않고 꿀떡꿀떡 삼키면서 웅얼거렸다.

"네가 '우리 동네 케이크 굽기 대회' 챔피언이 된 건 너무 당연한 일이야. 이렇게 맛있는 케이크는 처음 먹어 봐!"

시애라가 탄성을 자아냈다.

"나 혼자서 만든 게 아닌걸. 랄프가 도와줬어."

사라가 웃으면서 말하자 말콤이 환한 표정으로 물었다.

"너희 둘이 올해 내 생일 케이크 만들어 줄 수 있니?"

그 순간 갑자기 날카로운 호루라기 소리가 울려 퍼졌다. 아이들은 먹던 것을 멈추고 고개를 돌렸다. 초콜릿으로 범벅된 아이들 얼굴이 뒤쪽에 서 있는 페인 선생님과 정면으로 마주쳤다. 선생님 표정이 어느 때보다 험악해 보였다.

"이게 뭐지?"

"조크릿 그림 게이크요."

루시가 입 안 가득 초콜릿 크림 케이크를 머금고 웅얼거렸다.

"그런데 그게 지금 왜 내 운동장 한쪽 구석에 있는 건지 설명해 보겠니?"

페인 선생님이 다그쳐 묻자 랄프가 한 걸음 앞으로 나서더니 얼른 둘러댔다.

"오늘이 제 생일이에요. 그래서 저희 엄마가 케이크를 학교에 가져가서 친구들과 나눠 먹으라고 하셨거든요."

"엄마가 그러셨단 말이니?"

선생님이 목청을 높였다. 그러더니 금세 조근조근한 목소리로 말했다.

"너를 끔찍이 사랑하지는 않으시는 모양이구나. 너 이 케이크 속에 뭐가 들어 있는지 알고는 있니?"

아이들이 불안한 눈빛으로 선생님을 바라보고 있는데, 갑자기 선생님 목소리가 다시 천둥소리처럼 커졌다.

"달걀! 콜레스테롤 덩어리지. 버터! 완전히 지방 범벅이고. 초콜릿! 아이스크림 다음으로 안 좋은 식품이야. 그리고 그 중에서도 제일 해로운 성분은 바로, 설탕!"

페인 선생님의 말똥말똥한 두 눈이 랄프를 향했다.

"랄프, 그렇지 않니?"

랄프가 기어 들어가는 목소리로 대답했다.

"네에."

페인 선생님이 꽤 심각한 표정으로 얘기했다.

"생각이 짧으시고, 영양학적 지식까지 부족한 네 어머니 덕분에 아주 좋은 생각이 떠올랐다. 너희 모두에게 가정 통신문을 나눠 줄 거야. 그러니 먼저 초콜릿 범벅이 된 손가락부터 깨끗이 닦고 부모님께 보여 드리도록 해. 아무리 시력이 좋은 부모님도 지저분한 손자국으로 가득한 가정 통신문을 알아보긴 힘들 테니까!"

＊

　그날 오후 교실에서는 필기구들이 아주 멋진 시간을 보내
고 있었다. 아이들이 운동을 하느라 녹초가 되어 연필 들
힘도 없었기 때문이다. 아예 연필을 내려놓고 책장만 이리
저리 넘기는 아이들도 있었다. 펜슬림픽에 온통 마음을 빼
앗긴 연필들도 다르지 않았다. 페니조차 수학 계산, 글쓰기,
객관식 문제 정답에 동그라미 치기 등을 하는 동안 아무 생
각이 없었다.

　랄프는 페니가 폴리를 따라잡을
수 있을 정도의 속도로 글씨를
쓰고 있었다. 이 정도 속도라
면 사라뿐 아니라 랄프도
숙제로 해 와야 할 것이
없을 것이다. 그 말은 페
니도 펜슬림픽을 준비하는

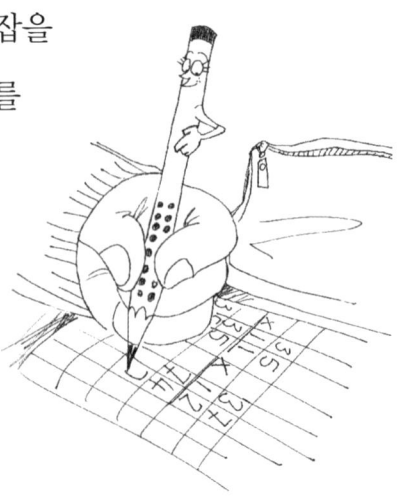

데 좀 더 많은 시간을 낼 수 있다는 뜻이었다.

수업 끝나는 종이 울리기 직전에, 교실 문 두드리는 소리가 났다. 아이들의 시선이 모두 교실 문 쪽을 향했다. 창문으로 잔뜩 찌푸린 페인 선생님의 얼굴이 보였다.

스워드 선생님이 문을 열고 복도로 나갔다. 그리고 몇 분 뒤에 아이들이 집으로 가져가야 할 가정 통신문을 한 아름 들고 돌아왔다.

선생님이 가정 통신문을 나눠 주는 동안, 랄프와 사라는 걱정스러운 눈빛을 주고받았다. 그리고 얼른 가정 통신문을 읽어 내려갔다.

'학교 보건 자각의 달'에 즈음해 안내 말씀 드립니다. 본교에서는 매점의 모든 제품을 검토한 결과, 내일부터 건강에 이로운 식품만을 판매하기로 결정했습니다. 학부모님께서는 귀댁의 자녀들이 건강한 식품을 통해 건강한 육체와 정신을 만들어 나갈 수 있도록 도와주시

길 부탁드립니다.

매점에서 판매하는 모든 음식과 음료수에는 방부제, 인공 색소, 인공 감미료 사용을 철저하게 배제하였으며, 알레르기를 유발할 수 있는 땅콩, 글루텐, 유제품 또한 식품의 재료로 사용되지 않았음을 알려 드립니다.

가정 통신문을 다 읽은 두 사람의 눈이 휘둥그레졌다.

"초콜릿 크림 케이크는 절대 안 팔겠네."

"도대체 뭘 팔지 궁금한걸. 여기 적힌 대로면 사탕이나 감자 칩은 물론이고 빵, 치즈, 우유도 안 되는 거잖아. 과일 주스에도 방부제가 들어간단 말이야."

그다음 날 모든 것이 분명해졌다. 쉬는 시간이 되자, 주머니 가득 용돈을 채워 온 아이들이 앞다퉈 매점으로 달려갔다. 하지만 매점에 준비된 음식들을 보고 나서 모두 어깨가 축 처져 버렸다.

"순무 꽈배기 빵! 웩!"

"콩맛 사탕이 도대체 뭐야?"

"종합 채소 스넥이라……. 유기농 시금치, 미나리, 양배추

무설탕
콩과자

순무
과배기 빵

종합 채소 스낵

100퍼센트? 으, 토할 것 같아!"

　랄프와 사라 차례가 되었을 때 사라가 말했다.

　"난 그냥 음료수나 한잔 마셔야겠다."

　"신선한 포도, 셀러리, 당근으로 만든 주스가 있는데, 어떤 걸로 줄까? 밀 싹으로 만든 주스는 100원 더 비싸다."

　계산대 앞에 서 있는 아주머니가 물었다.

　"음……, 그냥 사과나 하나 먹을래요."

　사라는 음료수가 담긴 커다란 통을 곰곰이 쳐다보다가 결국 사과를 골랐다.

　"이거 케이크예요?"

계산대에 기대서 랄프가 물었다.

"그래. 캐러브라고 하는 콩으로 만든 케이크야."

매점 아주머니가 알려 주었다.

"무슨 맛이에요?"

"글쎄, 몸에 좋은 초콜릿 맛이라고나 할까."

매점 아주머니가 마른 입술에 침을 바르며 엉뚱한 곳을 쳐다봤다. 선의의 거짓말을 하고 있다는 표시였다. 물론 살을 빼려는 사람들이 초콜릿 대신 단맛이 강한 캐러브를 먹기는 했지만 당연히 초콜릿처럼 맛이 좋지는 않았다.

"그거 한 조각만 주세요."

랄프가 아주머니에게 돈을 건넸다.

케이크는 한 조각씩 작은 플라스틱 상자 안에 담겨 있었다. 사라가 케이크의 성분 표시를 유심히 살피며 차근차근 읽어 내려갔다.

"캐러브, 쌀가루, 두유, 천연 감미료가 들어 있네. 무슨 맛일까?"

랄프가 케이크를 한 입 크게 베어 물었다가 바로 몽땅 뱉어 내며 투덜댔다.

"초콜릿 맛이랑 하나도 안 비슷해. 정말이야!"

랄프는 매점 아주머니를 원망스럽게 쳐다보며, 입가에 붙어 있는 케이크 부스러기 하나까지 모두 털어 냈다. 그때 커다란 목소리가 매점 안에 쩌렁쩌렁 울려 퍼졌다.

"저런, 음식을 낭비하면 안 되지! 어제 생일을 맞은 학생은 어느새 케이크가 싫어졌나 보지?"

페인 선생님이 다가와 성난 눈빛으로 쳐다보고 있었다.

"선생님이 너희만 했을 땐 절대 음식을 남기거나 버리는 일이 없었다. 아침을 남기면 점심에 마저 먹어야 했지. 그걸 말끔히 비우지 않으면, 저녁은 먹을 수도 없었어!"

"정말 끔찍한 어린 시절을 보내셨나 봐요."

랄프가 중얼거렸다.

"전혀! 그렇게 훌륭한 어린 시절이 없었다면, 난 지금보다 훨씬 부족한 사람이 되었을 거야. 그러니까 너희도 말끔히 먹어 치우도록 해. 마지막 한 입까지. 이 세상에 굶주리는 아이들이 얼마나 많은지 가슴 깊이 생각하면서!"

말을 마치고 선생님은 성큼성큼 걸음을 옮겼다.

"그 애들도 캐러브 케이크는 안 먹는다고 할지 몰라."

랄프가 중얼거리며 페인 선생님이 모퉁이를 돌기만을 기다렸다. 그러기만 하면 얼른, 남은 케이크를 몽땅 쓰레기통 깊숙이 던져 넣을 작정이었다.

연필들의 올림픽

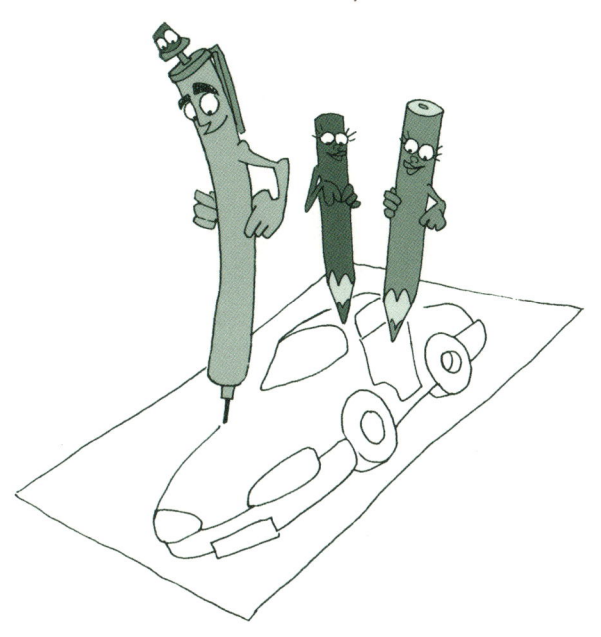

한 주가 지난 어느 날 아침, 쿠베르펜 남작이 호루라기를 힘껏 불어 필기구들을 집합시켰다. 체육 수업 때문에 아이들이 교실을 비운 사이, 자기들만의 오전 '학보자달' 수업을 할 생각이었다. 필기구들이 필통 밖으로 걸어 나와 교실 앞쪽에 가지런히 줄지어 섰다.

"오늘은 운동을 하지 않겠수와. 대신, 펜슬림픽의 역사에 대해 들려주겠수와."

쿠베르펜 남작이 입을 열었다.

"펜슬림픽을 직접 만들었다고 했잖아. 그런데 어떻게 역사가 있지?"

폴리가 페니에게 속삭였다. 그 말을 듣기라도 한 것처럼 쿠베르펜 남작이 날카롭게 호루라기를 불더니 일장 연설을

시작했다.

"펜슬림픽 경기는 자랑스러운 역사를 가지고 있수와. 진정한 연필로 거듭나기 위해 갖춰야 할 가장 중요한 요소의 집합체라고 할 수 있지. 더 깔끔하게, 더 뾰족하게, 더 부드럽게. 펜슬림픽 경기는 필통 속 필기구 모두에게 개방되어 있지만, 최선을 다해야만 참가 자격이 주어지지. 운이 좋아 선수로 뽑힌다면, 자기 자신뿐 아니라 자기가 몸담고 있는 필통을 대표해 열심히 경쟁해야 하고. 개인전 우승자도 가려 낼 것이지만, 제일 높은 점수를 기록한 필통도 단체전 승자 가 될 거수와. 이것이 바로 우리가 열심히 연습을 하는 이 유 중 하나지."

필기구들이 초조한 표정으로 침을 꿀꺽 삼켰다. 모두 각 자의 필통을 대표해서 경기에 출전할 기회를 잡고 싶은 마 음이 간절했다.

"선수로 뽑히지 못한 필기구들에게도 중요한 역할이 남아 있수와. 펜슬림픽 경기는 승리하는 것이 전부가 아니라 모 두 함께하는 축제니까. 펜슬림픽은 개막식과 함께 시작되는 데, 그 전에 각각의 필통들은 자기들을 상징하는 깃발을 만 들어야 하수와. 예선전을 통과한 선수들이 그 깃발을 들고 경기장으로 입장해 선서를 하고, 펜슬림픽 성화에 불을 붙 일 테니까. 경기는 바로 그다음 날부터 시작되수와."

흥분한 필기구들이 웅성거렸다. 단 한 번도 그런 축제에 참가해 본 적이 없었기 때문에, 모두들 어서 펜슬림픽이 시 작되기를 고대했다. 사라의 필기구들은 벌써 필통을 상징하 는 깃발 모양에 대해 상의하기 시작했다.

"대회 기간 동안 모두 다섯 종목의 경기가 펼쳐지수와. 100센티미터 깡충뛰기, 높이뛰기, 1000센티미터 조정, 멀리 뛰기 그리고 양궁이 바로 그 경기들이지. '파워 5종 경기'라 부르는 이 경기들은 하루에 하나씩, 총 닷새 동안 진행될 거수와. 1, 2, 3등의 선수에게 금, 은, 동메달이 수여되며, 각 경기에서 얻은 점수를 더해 개인전과 단체전 우승을 가리게 되지. 치열한 예선전을 통해 가장 빠르고, 가장 강한 필기구가 결승전에 진출하게 될 거수와."

필기구들이 동시에 와자지껄 떠들기 시작했다. 누가 선수로 뽑히게 될지가 단연 화젯거리였다.

"쿠베르펜 남작님."

뒤쪽에서 굵직한 목소리가 들려왔다. 수정액이었다.

"뭐지? 토실토실한 친구."

쿠베르펜 남작의 당당한 목소리에 수정액은 살짝 움츠러들며 자그마한 목소리로 물었다.

"각 필통에서 대표 하나씩만 뽑나요?"

"아주 좋은 질문이군, 토실토실한 친구. 만일 하나의 필통에서 자격을 갖춘 필기구가 여럿 나온다면, 당연히 모두 참가해 정당한 경쟁을 벌일 수 있수와."

쿠베르펜 남작이 웃으며 말했다.

"그거 정말 공평하게 들리는데."

"의외로 그렇네."

페니의 말에 수정액이 맞장구를 쳤다.

쿠베르펜 남작이 말을 이었다.

"예선전을 통해 모두 여섯 선수를 뽑게 되수와. 좋은 성적을 낸 1등부터 6등까지의 필기구들이 펜슬림픽 파워 5종 경기에 참가할 자격을 얻게 되지."

"오호!"

옹기종기 모인 필기구들이 동시에 고개를 끄덕였다.

"예선전은 다음 주에 시작되수와. 선수로 뽑힌 필기구들은 개막식 때 깃발을 들고 경기장에 입장하고, 그중에서도 가장 운이 좋은 선수는 모두를 대표해 선수 선언문을 낭독하는 영광을 얻게 되지."

필기구들이 탄성을 질렀다.

"우아!"

"개막식의 하이라이트는 역시 펜슬림픽 성화 점화식이수

와. 펜슬림픽 성화는 경기 기간 내내 활활 불타오르고, 오직 우승자만이 그 불을 끌 수 있지. 최초의 펜슬림픽 챔피언만이! 준비할 시간은 이제 일주일밖에 남지 않았수와. 그러니 모두 어서 윗몸

일으키기를 시작하수와. 핫, 둘, 셋, 넷. 핫둘, 핫둘……."

필기구들이 마치 한 몸처럼 움직이기 시작했다. 모두 전보다 훨씬 더 열의에 불타고 있었다.

교실 밖 복도에서 아이들의 발자국 소리가 들려오자, 쿠베르펜 남작이 힘껏 호루라기를 불었다.

"얼른 각자의 필통으로 돌아가수와! 아이들이 교실로 들어오기 전까지 필통 안으로 쏙 들어가지 못하는 연필은 그 즉시 경기 출전 자격을 빼앗기게 될 테니!"

두말할 필요도 없었다. 제일 먼저 도착한 아이가 문을 열

기도 전에, 모두 각자의 필통 안에 쏙 들어가 있었으니까.

＊

　랄프의 필기구들은 개막식에 대한 쿠베르펜 남작의 연설
에 많은 감동을 받았다. 그래서 연습도 하룻밤 뒤로 미룬
채, 깃발 디자인을 위해 머리를 맞댔다.
　"깃발은 붉은색이어야 해. 랄프가 제일 좋아하는 색깔이
니까."

페니가 제일 먼저 얘기를 꺼냈다.

"전적으로 동감이야."

붉은 색연필 스칼렛의 얼굴이 밝아졌다.

"붉은색은 정말 근사해!"

붉은색 플라스틱 몸통을 가진 맥도 박수를 쳤다.

"붉은색이라……. 좋아, 그럼 이제 어떤 그림을 그려 넣을
지 정하면 되겠군."

수정액이 말했다.

"그냥 붉은 깃발만으로는 안 되는 거야?"

맥이 고개를 갸웃하며 묻자 수정액이 고개를 저었다.

"안 되고말고. 랄프와 우리 모두를 상징할 수 있는 뭔가가
필요해."

"랄프를 상징할 수 있는 어떤 것이라……."

생각에 잠긴 지우개 얼룩이가 중얼거렸다.

"사실 랄프가 그렇게 뛰어난 학생은 아니잖아."

"게다가 미술에도 영 소질이 없지."

페니의 말에 맥도 거들었다.

"랄프는 텔레비전 보는 걸 아주 좋아하잖아. 그럼 깃발 위

에 텔레비전을 그려 넣으면 어떨까?"

지우개 얼룩이가 외쳤다.

"그리고 랄프는 배우가 되고 싶어 해. 그러니까 유명한 배우의 모습을 그려도 좋을 것 같아."

페니도 한마디 했다.

"좀 더 스포츠와 관련된 것이 낫지 않을까?"

수정액이 제법 진지한 목소리로 제안했다.

그 순간 얼굴에 환한 미소를 지으며 맥이 의견을 냈다.

"스포츠카 어때? 연필처럼 매끄러워서 맵시도 나고 아주 민첩하잖아. 게다가 랄프 머리카락처럼 붉은색이고."

"정말 근사한 생각이야!"

페니의 눈이 반짝였다.

"스포츠카에는 바퀴도 달려 있어! 나처럼 고무로 된 바퀴 말이야!"

지우개 얼룩이도 신이 나서 깡충깡충 뛰었다.

친구들의 말을 듣고 수정액이 싱긋 웃으며 말했다.

"완벽한 해답을 찾은 것 같다. 자, 어서 시작하자."

필통 안에서 그림에 제일 소질이 있는 필기구는 맥이었다.

맥이 깃발 위에다 차의 윤곽선을 그리고, 색연필들은 선 안에 고운 색깔을 칠했다. 지우개 얼룩이는 언제든 그림 속으로 뛰어들 채비를 하고 깃발 옆에 바짝 붙어 있었다. 혹시라도 누군가 실수를 하면 나설 참이었다. 수정액과 페니도 두 팔을 걷어붙이고 거들었다. 수정액은 자동차 문에다 '8'이라는 흰색 번호를 커다랗게 새겨 넣었고, 페니는 금속으로 된 부분을 회색 연필심으로 꼼꼼하게 칠해 나갔다.

깃발이 모두 완성되자, 필기구들은 자기들의 작품을 감상
하려고 모두 한 걸음 뒤로 물러났다.

"깃발 만들기 대회가 있다면, 금메달은 분명히 우리 차지
였을 거야!"

수정액이 자랑스럽게 외쳤다.

5

성적표는 괴로워

쿠베르펜 남작은 필기구들의 마음을 움직여 열심히 운동하게 만들었다. 하지만 남작의 주인인 페인 선생님은 고전을 면치 못했다. 아이들은 점점 빨라지기는커녕, 오히려 갈수록 느려지고 있었다. 체육 수업 때문에 지친 아이들이 다른 과목 수업까지 집중하지 못하자, 선생님들 사이에서도 불평이 터져 나오기 시작했다. 매점에서 판매하는 자연식품들이 정작 아이들 머리에는 나쁜 영향을 끼치는 모양이라고 주장하는 선생님까지 있을 정도였다!

수업이 모두 끝난 저녁 시간, 페인 선생님은 교사 휴게실에 앉아 해결 방법을 궁리하고 있었다. 그러다 문득 좋은 생각이 떠올랐다.

"정말 멋진 아이디어야!"

선생님이 탄성을 질렀다. 목소리가 얼마나 쩌렁쩌렁하던지 휴게실 창문이 흔들릴 정도였다.

선생님은 쿠베르펜 남작의 뚜껑을 열어서 거꾸로 들더니 밤이 깊도록 표 같은 것을 열심히 그렸다.

다음 날 아침, 페인 선생님은 동그랗게 만 커다란 종이 한 장을 들고 랄프네 교실을 찾아갔다.

"나는 지금껏 너희의 성과를 쭉 지켜봤다. 모두 부끄러운 줄 알아야 해! 선생님이 너희 나이였을 땐 아침에 눈뜨면 팔 굽혀펴기 100번, 윗몸일으키기 200번을 했다. 그리고 학교

까지 3킬로미터를 걸어서 갔어. 비가 오나, 눈이 오나, 해가 쨍쨍 내리쬐나 상관없이 말이다. 그런데 너희들은 팔굽혀펴기를 열 개도 채 못해. 게다가 달리기 속도는 점점 느려지고 있지."

아이들은 고개를 잔뜩 수그리고서 책상만 뚫어지게 쳐다 봤다. 페인 선생님의 무서운 눈빛을 피하고 싶었다.

페인 선생님의 목청이 한 단계 더 높아졌다.

"지금 우리에게 필요한 것은 약간의 동기 부여다!"

선생님은 어젯밤 늦게까지 만든 표를 펼쳤다. 종이 위에 그려진 작은 칸들 왼쪽에는 아이들의 이름이, 위쪽에는 날 짜가 차례로 적혀 있었다. 그리고 맨 꼭대기에는 '학보자달 체성'이라고 쓰여 있었다.

"학보자달체성이 무슨 뜻이에요?"

숀이 손을 번쩍 들고 질문했다. 그러자 페인 선생님이 숀을 향해 버럭 소리를 질렀다.

"내가 '페인 선생님, 질문 있습니다.'라는 말을 들었던가?"

"아니요……."

숀이 얼른 대답했다.

"아니요? 누구한테 한 말이지?"

선생님이 다그쳐 물었다.

"아니요, 페인 선생님."

숀이 다시 말했다.

"적당하지 않은 때에, 적당하지 않은 방법으로 불쑥 끼어든 벌로, 반성문 100줄 써내도록!"

숀의 연필 어니가 절망스러운 표정으로 고개를 저었다.

페인 선생님이 우렁찬 목소리로 말을 이었다.

"학보자달체성이란 '학교 보건 자각의 달 체육 성적표'라는 말의 머리글자다. 이제부터 날마다 너희가 팔굽혀펴기한 횟수를 적어 넣을 것이다. 바로 이 표에 말이지. 윗몸일으키기 횟수도 물론 기록해 둘 것이다. 그리고 한 주가 끝날 때, 결과가 만족스럽지 못한 사람은 방과 후에 남아서 특별 수업을 받게 될 것이다. 주어진 운동량을 다 채울 때까지!"

아이들이 모두 깊은 한숨을 내쉬었다.

"학교 보건 자각의 달을 마무리할 때에, 그동안 각자가 했던 운동량을 모두 더해서 제일 열심히 한 사람에게는 특별한 상을 줄 것이다."

순간 교실 안이 온통 술렁거렸다. 페인 선생님은 흥분한 아이들이 저희끼리 실컷 수다를 떨도록 내버려 두었다. 처음 있는 일이었다.

선생님의 발표를 듣고도 흥분하지 않은 학생은 사라뿐이었다. 그러자 단짝 랄프가 팔꿈치로 사라의 옆구리를 슬쩍 찌르면서 중얼거렸다.

"아무래도 다시 경쟁이 시작된 것 같은데. 이번에는 공명 정대하고도 확실하게 너를 이겨 줄게."

사라는 가만히 듣고만 있고, 랄프는 신이 나서 계속 중얼거렸다.

"이번에 내가 이기고 나면, 누가 알아? 우리 동네 케이크 굽기 대회에도 출전할 수 있을지. 나랑 만든 초콜릿 크림 케이크 완전 맛있지 않았니?"

사라가 듣다 못해 톡 쏘아붙였다.

"제발, 조용히 좀 해 줄래, 랄프? 너 정말로 페인 선생님이 그렇게 근사한 상을 주실 거라고 생각하는 거야? 선생님을 잘 봐. 상상력이 전혀 없는 분이라고. 저렇게 큰 표를 만들면서 딱 한 가지 색깔만 쓰셨잖아. 늘 가지고 다니는 볼품없는 황갈색 펜만. 그러니 상이라고 해 봤자 아마 선생님 댁 정원 풀 뽑기 같은 걸 거야. 선생님은 제일 튼튼한 사람을 찾고 있는 중이라고. 지치지 않고 잡초를 뽑을 수 있어야 하니까."

"너 요즘 열심히 마신 포도 주스 상태가 안 좋았던 거 아니야? 무지 불편해 보인다."

랄프가 볼멘소리로 말했다. 그러고는 사라에게서 등을 돌려 앉더니 숀과 수다를 떨기 시작했다. 사라가 고개를 절레

69

절레 흔들었다.

"남자애들이란."

랄프는 체육 시간 내내 사라에게 말을 걸지 않았다. 운동
장을 뛸 때도 사라가 쫓아오면 무섭게 속도를 냈다. 그래서
가까스로 랄프를 따라잡았을 때, 사라는 숨이 차서 한마디
도 할 수 없을 정도였다.

수업을 마칠 무렵, 페인 선생님은 아이들의 팔굽혀펴기와
윗몸일으키기와 운동장을 돈 횟수를 각각 더해서 순위를
매겼다. 랄프가 단연 선두였다. 숀과 버트가 그 뒤를 따랐
다. 사라의 이름은 중간 정도에 적혀 있었다. 여학생들만 놓

고 보아도 결코 좋은 성적이 아니었다.

말썽꾸러기 버트는 사라를 한번 놀려 보려고 쉬는 시간 내내 따라다니며 틈을 엿보았다. 그리고 마침내 천막으로 만들어진 임시 창고에 혼자 앉아서 사과를 먹고 있는 사라를 발견했다. 랄프는 숀과 함께 창고 뒤쪽에서 축구를 하고 있었다. 이런 풍경이 의미하는 바는 단 하나였다. 두 사람이 다툰 것이 분명했다. 절호의 기회를 찾아낸 것에 기뻐하면서, 버트가 사라에게 달려갔다. 그리고 얼른 사라 손에 들린 사과를 낚아챘다.

"내가 너보다 훨씬 나아. 내가 너보다 훨씬 낫다고."

버트가 마치 노래를 부르듯이 같은 말을 반복했다. 그러고는 아주 심술맞은 목소리로 덧붙였다.

"조심하는 게 좋을 거야, 사라. 내가 너

보다 더 빨리 달릴 수 있으니까."

"너야말로 조심하는 게 좋을 것 같은데, 버트."

랄프가 버트와 사라 사이로 끼어들며 말했다. 축구공을
두 팔로 단단히 쥔 손도 가까이에서 지켜보고 있었다.

"네가 왜 참견이야?"

버트가 신경질적으로 말했다.

"내 맘이다, 왜! 순위표를 봤으면 알겠지만, 내가 너보다
빠르고 힘도 세. 그러니까 너나 나를 조심하셔!"

랄프가 또박또박 말했다.

버트가 눈을 부릅뜨
고 랄프를 쏘아보았
고, 사라는 랄프
뒤에 숨어서 안
전한 거리를 유지
한 채 '용용 죽겠
지!' 하는 표정을 지
어 보였다. 버트는 두
사람을 향해 콧방귀

를 꾀더니 걸음을 돌렸다. 랄프가 안도의 한숨을 내쉬었다.

"고마워. 그리고 아까……."

사라가 입을 열자 랄프가 말을 막았다.

"제발 그건 몽땅 잊어 줘. 내가 정말 바보 같았어. 그래도 버트 저 녀석만큼은 아니었지만!"

사라가 밝게 미소를 지었다.

"난 네가 이겨서 정말 좋아. 버트한테 으름장을 놓을 수 있어서가 아니라……."

"얘들아!"

뒤쪽에서 들려오는 소리에 랄프와 사라와 숀이 고개를 돌렸다. 루시가 천막 입구 사이로 고개를 쏙 내밀었다. 루시는 뭔가 켕기는 데가 있는 표정이었지만 방긋 웃으며 말했다.

"내가 매점에서 파는 음식에 대해서 얘기했더니, 우리 엄마가 컵케이크를 싸 주셨어. 너희들이 만든 초콜릿 크림 케이크만큼 맛있지는 않지만, 그래도 같이 먹을래?"

랄프와 사라와 숀이 동시에 외쳤다.

"물론이지!"

세 사람은 재빨리 루시를 천막 안으로 끌어당겼다. 페인 선

생님에게 들켜 통째로 빼앗기는 불상사는 없어야 했으니까.

"이 컵케이크 정말 맛있다."

숀이 케이크를 열심히 씹으면서 웅얼거렸다.

"시들시들한 사과보다 100배는 더."

사라가 상자 바닥까지 싹싹 핥으며 말했다.

"나랑 숀이랑 가서 버트 녀석이 뺏어 간 사과 찾아다 줄까?"

랄프가 묻자 깜짝 놀란 숀이 딸꾹질을 했다. 사라도 손사래를 쳤다.

"괜찮아. 버트 녀석 손에 들어갔던 건 사양하겠어. 페인 선생님 말씀처럼, 어떤 것을 먹느냐에 따라서 바로 그런 사람이 되어 버리면 정말 큰일이니까. 말썽꾸러기 균이 닿은 음식을 먹고서 심술궂게 변하고 싶지는 않거든."

아이들은 수업 시작을 알리는 종이 울리기 전까지 가까스로 컵케이크를 먹어 치우는 데 성공했다. 입가에 묻은 케이크 부스러기를 서로 털어 주고는, 페인 선생님에게 들키지 않도록 케이크 상자를 쓰레기통 깊숙이 집어넣었다. 그리고 서둘러 교실로 뛰어갔다.

6

펜슬림픽 예선전

펜슬림픽 예선전의 열기가 점점 달아오르고 있었다.

페니와 맥은 조금이라도 틈이 생기면 서로 경주를 벌였다. 지우개 얼룩이는 페니를 열심히 응원했다. 그리고 샤프 뚜껑 속에 들어 있는 지우개, 꼬마 맥은 빨강 샤프 맥을 위해 충고를 아끼지 않았다. 둘 다 기록이 뛰어났기 때문에 랄프 필통의 필기구들은 흥분을 감추지 못했다. 이대로 가면 펜슬림픽에 대표 선수 둘을 출전시키는 것도 가능했기 때문이다.

수정액은 필기구들이 모두 달려와 서로 돕는 모습에 깊은 감명을 받았다. 그러자 쿠베르펜 남작도 어쩌면 그렇게 고약한 펜이 아닐지 모른다는 생각이 슬그머니 들었다.

드디어 예선전이 열리기 전날 밤, 페니는 거의 뜬눈으로 보냈다.

"제발 그만 좀 뒤척이면 안 되니? 내일은 중요한 날이야.
푹 자 둬야 힘을 비축할 것 아니냐고!"

맥이 투덜거렸다.

"나도 어쩔 수가 없어. 너무 흥분했나 봐!"

페니가 조용히 대꾸했다.

맥은 한숨을 한 번 푹 내쉬고는 옆으로 대굴대굴 굴러가
눈을 질끈 감았다.

드디어 아침이 되었다. 제일 먼저 자리에서 벌떡 일어난 것은 역시 페니였다.

"진정하고 한곳에 좀 진득하게 있는 게 어때? 예선전에 대비해서 힘을 비축해 둬야지."

수정액이 차분하게 말했다.

페니는 너무 긴장한 나머지 대답할 정신도 없었다. 그날따라 랄프가 책가방을 싸고 학교로 걸어가는 시간이 하염없이 길게만 느껴졌다.

"왜 이렇게 오래 걸리는 거야? 랄프는 오늘이 무슨 날인지 모르나?"

페니가 투덜거렸다.

"당연히 모르지. 연필들이 자기보다 훨씬 일찍 일어나서 학교 갈 준비를 마친다는 것도 모르잖아. 그런데 오늘 예선전이 있다는 걸 어떻게 알겠어?"

수정액이 말했다. 랄프가 학교에 도착한 뒤에도 페니는 종이 울리고 페인 선생님이 호루라기를 불어 아이들을 운동장으로 부를 때까지 기다려야 했다.

"그만 좀 돌아다녀. 나까지 떨리잖아."

맥이 불평을 늘어놓았다.

마침내 종이 울리고 곧이어 페인 선생님의 호루라기 소리가 들렸다. 아이들이 교실을 빠져나가자마자 책상 위에 놓여 있던 필통들의 입구가 활짝 열렸다. 쿠베르펜 남작이 호루라기를 불기도 전에 꿈에 부푼 선수들이 하나둘 교실 앞으로 나왔다.

쿠베르펜 남작이 입을 열었다.

"이런, 이런. 오늘 아침에 열릴 예선전을 고대하는 필기구들이 많은 모양이군. 펜슬림픽 예선전에 참가해 준 여러분, 모두 환영하수와."

필기구들이 우렁차게 박수를 쳤고, 쿠베르펜 남작의 설명이 이어졌다.

"오늘은 각 필통에서 뽑힌 선수들이 펜슬림픽 '파워 5종 경기에 참가할 자격을 얻기 위해 치열한 경쟁을 벌일 것이수와. 예선전에서는 모두 세 종목의 경기가 치러지지. 이미 말했듯이, 예선전에서 1등부터 6등까지의 성적을 기록한 필기구들에게 파워 5종 경기에 참가할 자격이 주어지수와."

페니는 떨리는 마음으로 주변을 둘러보았다. 자기보다 더 오들오들 떨고 있는 연필도 눈에 띄었다. 강심장 폴리조차도 아주 긴장한 것처럼 보였다.

"예선전 첫 번째 종목은 100센티미터 깡충뛰기수와. 참가 선수들은 모두 출발선으로!"

예선전에 대한 쿠베르펜 남작의 설명이 이어지는 동안, 분필들은 땀까지 뻘뻘 흘려 가며 칠판 앞에다 여러 개의 선을 그려서 레인을 만들었다. 꼭 100센티미터가 되는 레인의 양쪽 끝에는 각각 '출발'과 '도착'이 표시되었다.

페니, 맥, 폴리뿐 아니라 희망에 부푼 모든 필기구들이 출발선 앞에 나란히 섰다. 다른 필기구들은 레인 옆에 끼리끼리 모였다.

"제자리에, 준비, 출발!"

쿠베르펜 남작이 목청껏 외치고는 마지막에 호루라기를

삐익 하고 불었다.

경기에 나선 필기구들이 동시에 출발했다. 그리고 도착점을 향해 각자의 레인에서 힘껏 뛰었다. 몇 번 깡충거리지 않아 페니, 맥, 폴리, 질겅질겅 숀의 몽당연필 어니, 붉은색과 흰색 줄무늬 연필 그리고 까만 점이 촘촘히 박힌 노란색 연필이 선두로 나섰다. 페니와 맥은 아주 쉽게 통통 튀며 앞으로 나아갔다. 틈이 날 때마다 연습해 둔 것이 효력을 톡톡히 발휘하고 있었다. 페니와 맥은 순식간에 제일 앞자리를 차지했다.

그런데 갑자기 초록색 바탕에 주황색 꽃무늬가 그려진 연필이 페니의 오른쪽으로 바짝 다가오더니 금세 앞서고 말았다. 페니와 맥은 놀란 눈으로 서로를 쳐다보고는 깡충뛰기 속도를 더 냈다. 페니는 맥을 앞질렀다. 그리고 꽃무늬 연필을 따라잡기 시작했다. 하지만 너무 늦어 버렸다. 꽃무늬 연필이 어느새 결승선을 통과하고 말았다. 관중들의 박수갈채가 쏟아졌다. 특히 시애라의 필통에서 온 필기구들의 환호성은 대단했다.

페니는 두 번째로 결승선에 도착했다. 맥, 폴리, 까만 점이

촘촘히 박힌 노란색 연필, 붉은색과 흰색 줄무늬 연필이 그
뒤를 따랐다.

　쿠베르펜 남작이 환호하는 필기구들 사이를 헤치고 나아
가 우승한 꽃무늬 연필에게 물었다.

　"이름이 뭔가요, 숙녀 분."

　"플뢰르라고 합니다."

꽃무늬 연필이 대답했다.

"어느 필통에서 왔지요?"

쿠베르펜 남작이 다시 물었다.

"시애라의 필통이요."

플뢰르가 환하게 웃으며 대답했다.

쿠베르펜 남작은 다른 연필들의 이름도 적었다. 페니와 폴리는 루시 필통에서 온 붉은색과 흰색 줄무늬 연필을 미처 알아보지 못해서 깜짝 놀랐다. 그리고 버트 필통에서 왔다는 까만 점이 박힌 노란색 연필이 '깜빡이'로 불리는 것을 알고는 다시 한번 놀랐다. 까만 점이 박혀 그렇게 불린다고 했지만, 잘못하면 깜빡 속아 넘어간다는 뜻으로 들렸기 때문이다.

"승리자들 모두 축하하수와. 물론 세 번의 예선전 가운데 첫 번째에 불과하니 예선전이 모두 끝날 무렵에는 다른 얼굴들이 그 자리에 서 있을지도 모르지만. 다음 종목은 높이뛰기수와. 도전자들은 다시 출발선에 자리를 잡고 서도록."

페니, 맥, 폴리 그리고 다른 필기구들이 줄지어 섰다.

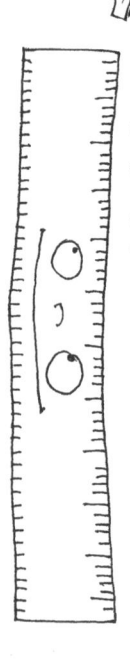

"좌로 돌아!"

쿠베르펜 남작의 구령에 맞춰 페니와 다른 선수들이 왼쪽으로 돌아섰다. 막대자가 한쪽 끝을 바닥에 대고 서 있는 모습을 보고 모두들 깜짝 놀랐다. 게다가 그 위에서는 칠판지우개 두 개가 서로 배를 부딪쳐 분필 가루를 털어 내고 있었다. 어느새 막대자가 분필 가루를 뒤집어쓰고 뽀얗게 변했다.

쿠베르펜 남작이 입을 열었다.

"예선전인 관계로 뛸 수 있는 기회는 누구에게나 꼭 한 번씩만 주어지수와. 분필 가루 위에 남은 자국을 보고 기록을 측정하겠수와. 첫 번째 도전자!"

제일 먼저 높이뛰기에 도전할 연필은 어니였다. 어니는 짧은 도움닫기 후에, 모두지 믿을 수 없을 만큼 높이 뛰어올랐다. 어니는 자기 키보다 훨씬 더 높은 곳에 둥근 발자국을 남겼다.

질겅질겅 숀의 필통에 사는 바람에 여기저기 깨물린 흉터로 가득한 연필들이 흥에 겨워서 깡충깡충 뛰었다. 대부분의 연필들은 어니보다 키가 컸지만 몽당연필 어니의 기록을 반도 채 따라가지 못했다. 경기를 지켜보고 있던 페니의 얼굴이 점점 굳어졌다. 어니보다 두 배나 큰 키를 가지고도 이기지 못할까 봐 걱정이 되었다.

연필들은 더 높은 곳을 향해 차례로 몸을 날렸다. 그때마다 같은 필통에서 온 친구들이 열심히 응원을 했다. 잘했는지 못했는지, 높이 뛰었는지 낮게 뛰었는지는 조금도 중요하지 않았다.

곧이어 맥의 차례가 되었다.

"행운을 빈다, 친구야."

페니가 외쳤다.

쿠베르펜 남작이 맥에게 신호를 보냈다. 모든 준비가 끝났으니 점프를 해도 안전하다는 뜻이었다.

맥은 도움닫기를 한 뒤 힘껏 뛰어올랐다. 그리고 분필 가루 위에 커다란 흔적을 남겼다. 그것도 최고 기록을 남긴 연필보다 6센티미터나 더 높은 곳에 말이다. 랄프의 연필들이 환호성을 질렀다. 이제 모두의 시선이 다음 선수인 페니에게 향했다. 폴리가 목청껏 페니를 응원했다.

"힘내, 페니. 넌 할 수 있어!"

페니의 가슴이 두방망이질 쳤다. 모두들 자기만 쳐다보고 있으니 떨려서 죽을 지경이었다. 페니는 심호흡을 했다. 그리고 도움닫기를 시작했다. 막대자 앞에 이르렀을 때, 페니는 공중을 향해 있는 힘껏 몸을 날렸다. 그리고 맥보다 한참 아래에 발자국을 남겼다.

랄프의 연필들 모두가 깡충깡충 뛰었다. 비록 맥만큼 좋은 기록을 내지는 못했지만, 페니에게도 진심 어린 격려의 박수를 보냈다. 칠판 위에 공식 기록이 발표되었다. 페니는 4등이었다. 하지만 아직 차례를 기다리는 선수 셋이 남아 있었다. 그러니 페니가 결승에 진출할 수 있을지는 누구도

장담할 수 없었다. 더구나 남아 있는 세 선수는 폴리와 깜빡이, 100센티미터 깡충뛰기의 우승자 플뢰르였다.

페니는 폴리가 좋은 기록을 내서 결승전에 진출할 수 있기를 기도했다.

폴리가 도움닫기를 하고, 몸을 솟구쳐 뛰어오르고, 허공을 가르며 막대자 위에 기록을 남겼다. 페니보다 0.5센티미터 높은 곳이었다. 그렇다면 폴리가 4등이었다. 이제 선수 둘이 남았으니, 폴리는 확실히 결승에 진출할 수 있었다. 사라의 연필들이 열광했다.

페니도 정말 기뻤다. 하지만 정작 자기는 결승전에 진출하지 못할까 봐 은근히 걱정이 되었다.

다음은 플뢰르 차례였다. 플뢰르가 도움닫기를 하는 동안, 시애라의 연필들이 한목소리로 외쳤다.

"플-뢰-르! 플-뢰-르!"

깡충뛰기의 우승자답게 플뢰르는 그야말로 눈 깜짝할 사이 막대자 앞에 도착해 무서운 속도로 뛰어올랐다. 어찌나 세게 부딪쳤는지, 자에서 분필 가루가 뽀얗게 떨어져 내렸다. 언뜻 봐서는 폴리보다 훨씬 높게 뛴 것 같았다. 신이 난 시애라의 연필들이 승리의 노래를 부르기 시작했다.

하지만 정작 플뢰르의 성적이 칠판에 기록되자 여기저기서 야유가 터져 나왔다.

"우우우!"

플뢰르의 점프가 페니보다 2센티미터나 낮게 측정되었던 것이다.

'저럴 리가 없어.'

페니는 생각했다. 그리고 교실을 한 바퀴 둘러보았다. 대부분의 필기구들이 플뢰르의 기록에 격분한 것처럼 보였다. 하지만 그렇지 않은 무리가 꼭 하나 있었다. 바로 버트의 필기구들이었다. 게다가 깜빡이에게 눈을 돌렸을 때, 녀석은 히죽히죽 웃기까지 했다.

페니는 깜빡이의 도움닫기를 눈여겨보았다. 녀석은 공중으로 몸을 날려서 위에서부터 여섯 번째 자리에 둥근 발자국을 남겼다. 플뢰르와 페니의 기록 사이였다.

버트의 연필들이 우르르 달려 나와 한껏 의기양양해진 깜빡이 녀석을 축하했다.

쿠베르펜 남작이 결과를 발표했다.

"이것으로 높이뛰기가 모두 끝났수와. 100센티미터 깡충뛰기와 높이뛰기의 점수를 합산한 결과, 1등은 맥!"

랄프의 필기구들이 한마음으로 축하의 박수를 보냈다.

"2등, 페니!"

페니는 자기가 2등이라는 사실을 알고 무척 놀랐다. 하지만 칠판에 적힌 점수를 보고서 이해가 되었다. 100센티미터 깡충뛰기에서 좋은 성적을 낸 덕분이었다.

"3등은 플뢰르, 폴리, 스트라이프와 어니. 네 선수가 같은 성적을 기록했수와. 이상 여섯이 현재 상위 6등의 선수들이 수와."

깜빡이의 얼굴에서 웃음이 싹 사라져 버렸다. 녀석은 영 못마땅한 표정으로 쿠베르펜 남작을 쏘아보았다. 그리고는 고개를 획 돌려 칠판을 뚫어져라 쳐다보았다. 깜빡이의 이름은 일곱 번째에 적혀 있었다. 결승에 진출할 수 있는 여섯 선수 바로 아래였다. 게다가 녀석의 성적은 공동 3등을 기록한 네 선수에 비해 많이 뒤져 있었다. 그러니 최종 6등 안에 들려면 멀리뛰기에서 아주 좋은 기록을 내야만 했다.

깜빡이 녀석이 같은 필통 친구들에게 은밀하게 속닥속닥하는 모습이 페니 눈에 띄었다. 깜빡이로부터 무슨 얘기를 들은 몇몇 연필들이 다른 필기구들 속으로 모습을 감췄다. 마치 무슨 비밀 임무라도 맡은 것처럼 슬며시. 페니는 결승전이 치러질 때까지 깜빡이에게서 눈을 떼지 말아야겠다고 결심했다.

쿠베르펜 남작이 입을 열었다.

"이제 한 경기를 남겨 놓고 있수와. 아직 순위는 얼마든지

뒤바뀔 수 있지. 예선전 마지막 경기는 멀리뛰기! 경기의 재미를 더하기 위해서, 선수들은 거꾸로 점수 순서대로 서 주길 바라수와."

'거꾸로 점수 순서'가 어떤 것인지 정확히 아는 선수는 없었다. 그래서 출전한 연필들은 출발선 앞에서 우왕좌왕 어찌할 바를 몰랐다. 마침 페니는 버트의 다른 연필 중 하나가 깜빡이 녀석에게 뭔가를 건네는 모습을 본 것 같았다. 하지만 모두가 한데 뒤엉켜 있어서 확신하기는 힘들었다. 무슨 일인지 살피려고 페니가 깜빡이 가까이로 다가가려는데, 쿠베르펜 남작이 연필들을 순서대로 정렬시켰다.

"누가 꼴찌지?"

말콤의 필통에서 출전한 연필 셋이 손을 번쩍 들었다. 이들은 100센티미터 깡충뛰기에서 나란히 맨 마지막으로 들어왔다. 게다가 그중 한 연필은 높이뛰기에서 너무 낮게 뛰어오르는 바람에 높이뛰기가 아니라 양탄자 아래로 땅굴을 파고 있는 것처럼 보일 정도였다.

"점수가 낮은 연필은 이쪽 끝으로, 높은 연필은 저쪽 끝으로 서도록!"

쿠베르펜 남작의 호령에 이리저리 밀치며 허둥대던 연필들이 하나둘 제자리를 찾았다. 제일 기록이 낮은 연필이 줄의 제일 앞에, 그리고 페니와 맥이 제일 뒤에 서 있었다. 페니는 너무 기뻤다. 맨 뒤에 선 덕분에 깜빡이 녀석의 행동을 모두 지켜볼 수 있게 되었으니 말이다.

쿠베르펜 남작이 호루라기를 불자 말콤의 연필 중 하나가 구름판을 향해 달려왔다. 도움닫기 속도가 그리 빠르지 않았다. 게다가 너무 낮게 뛰어오른 나머지, 구름판에서 약간 떨어져 있는 착지판에 닿지 못했을 정도였다. 쿠베르펜 남작이 고개를 가로저으며 칠판에 점수를 기록했다.

말콤의 두 번째 연필이 도움닫기를 시작했다. 이번에는 훨씬 빨랐다. 하지만 중간쯤 달렸을 때 그만 발을 헛디뎌서 구름판 바로 앞에서 거꾸러지고 말았다. 말콤의 세 번째 연필도 그리 좋은 기록을 내지는 못했다. 하지만 재미난 표정을 지어 보여서 관중들의 웃음과 박수를 자아냈다.

"저거 봤니?"

폴리가 페니를 향해 돌아서며 물었다. 그 바람에 잠깐 동안 시야가 가려져 페니는 깜빡이의 모습을 놓치고 말았다.

"뭘?"

페니는 깜빡이의 모습을 살피느라 옆으로 움직이면서 건성으로 대답했다.

"왜 그래, 페니?"

폴리가 걱정스럽게 물었다. 페니의 행동이 평소와는 달랐기 때문이다.

"깜빡이 녀석, 아무래도 좀 수상해. 무슨 일을 꾸미고 있는 것 같아. 조심하는 게 좋겠어."

페니가 속삭였다. 그러자 폴리가 나지막이 말했다.

"버트의 연필이라는 이유만으로, 그리고 어감이 썩 좋지 않은 이름을 가졌다고 해서 우리가 저 녀석을 의심할 수는 없잖아."

"하지만 조금 전에 저 녀석 정말로 좀 이상했어. 누군가를 깜빡 속이려는 녀석처럼 말이야."

페니가 다급한 목소리로 말했다.

"내 눈에는 그냥 까만 점박이로만 보이는……."

폴리가 대수롭지 않게 반응하는데, 페니가 폴리의 말을 가로막았다.

"난 지금 저 녀석 몸통의 까만 점이 아니라 행동에 대해 얘기하고 있는 거야. 쿠베르펜 남작이 점수를 발표했을 때, 녀석이 기분 나쁘게 웃는 걸 봤어. 그리고 이제 확실히 기억나. 버트의 연필 중 하나가 깜빡이 녀석에게 뭔가를 건네줬어."

페니는 폴리에게 자기가 본 것에 대해 자세히 설명했다. 페니 뒤에 서 있던 맥도 페니의 얘기를 들었다.

"그럼 너, 정말로 그 녀석이 플뢰르의 점프를 방해했다고 생각하는 거야?"

맥이 물었다.

"난 저 녀석이 이번 경기에서도 무슨 일을 꾸밀 거라고 생각해. 그리고 이번에는 점수를 속이는 정도로 끝날 것 같지 않아. 아무래도 조심하는 게 좋겠어."

페니가 다시 앞쪽을 쳐다봤다. 마침 쿠베르펜 남작이 호루라기를 불어 깜빡이의 차례임을 알렸다.

깜빡이가 도움닫기를 시작했다. 구름판을 지날 때 녀석은 두 팔과 손가락을 있는 대로 쫙 펴며 몸을 최대한 앞으로 날렸다. 그리고 다른 선수들보다 훨씬 멀리 날아가 착지판 한가운데에 깔끔하게 내려앉았다.

"지금까지 기록 중 최고! 버트의 필통에서 온 깜빡이 선수, 선두!"

쿠베르펜 남작이 발표하자 버트의 연필들이 모두 깜빡이에게 박수를 보냈다. 하지만 이번에 녀석은 행복한 미소를 짓지 않았다. 다음 선수인 플뢰르를 향해 쓴웃음을 던질 뿐이었다.

쿠베르펜 남작이 호루라기를 불자 플뢰르가 구름판을 향해 힘껏 달렸다. 구름판에 거의 다다랐을 때, 플뢰르는 그

만 발을 헛디뎌 살짝 미끄러지고 말았다. 점프를 하기 직전에 겨우 균형을 되찾기는 했지만, 그리 멀리 뛰지는 못했다. 착지판에 겨우 발을 들여놓은 정도였다.

놀란 관중들은 입을 다물지 못했다. 버트의 연필들만 빼고서. 페니는 그들의 모습을 눈여겨보았다.

호루라기를 불어 다음 선수를 준비시키기 전에, 쿠베르펜 남작이 순위를 정리했다.

"음, 시애라 필통의 플뢰르가 그리 멀리 뛰지 못했으니, 선두는 여전히 깜빡이!"

이제 어니의 차례였다. 어니는 플뢰르보다 훨씬 빨리 도움닫기를 했다. 하지만 플뢰르와 같은 지점에서 갸우뚱하더니 구름판을 삐딱하게 밟고 말았다. 공중에서 온몸을 뒤틀며 안간힘을 써 봤지만 소용없었다. 플뢰르보다 조금 더 앞으로 나아갔을 뿐, 깜빡이 녀석의 기록만큼 좋지는 못했다.

"이것으로 어니의 결승 진출 확정!"

쿠베르펜 남작이 외쳤다.

다음은 루시의 연필 스트라이프, 그다음이 폴리의 차례였다. 둘은 구름판 바로 앞에서 미끄러지는 것 같더니 다행히

모두 착지판에 안전하게 내려앉았다. 기록도 플뢰르보다는
훨씬 나았다.

다음은 페니가 뛸 차례였다. 지우개 얼룩이, 수정액뿐 아
니라 랄프의 연필들이 모두 한목소리로 페니를 응원했다.
하지만 페니는 이들에게 마음을 빼앗기지 않고, 달리는 데

만 집중하려고 애썼다. 특히 깜빡이 녀석 이후에 달린 모든 선수들이 미끄러진 바로 그곳에서 주의해야 한다는 사실을 몇 번이고 되새겼다.

쿠베르펜 남작이 호루라기를 불자, 페니가 구름판을 향해 달리기 시작했다. 다른 때 같으면 착지판에만 신경을 썼겠지만 이번에는 달랐다. 페니는 구름판 주변의 바닥을 주의 깊게 관찰했다. 그리고 구름판에 점점 가까워질 때, 페니는 보았다. 연필 깎을 때 생기는 미끄러운 부스러기들이 여기저기 흩어져 있는 것을 말이다. 그것들은 바닥에 깔린 양탄자와 색이 똑같아서 눈에 잘 띄지 않았다. 페니는 가까스로 모든 연필심 가루와 나무 부스러기를 피해서 점프하는 데 성공했다. 뿐만 아니라 깜빡이 녀석보다 훨씬 더 먼 곳에 내려앉았다. 경쟁자들을 제치고 선두로 나선 것이다.

랄프의 필기구들은 신이 나서 펄쩍펄쩍 뛰면서 달려 나와 페니를 둘러쌌다. 그러고는 너 나 할 것 없이 어깨를 두드리며 페니를 격려했다. 페니는 친구들 사이에서 빠져나오려고 애썼다. 다음 차례인 맥에게 경고를 해 주어야 했다. 하지만 그럴 틈도 없이 쿠베르펜 남작의 호루라기 소리가 울려 퍼졌다. 한발 늦고 말았다.

맥이 남아 있는 힘을 모두 모아 구름판을 향해 내달렸다. 속도를 늦추지 않는다면 연필심 가루와 나무 부스러기가 뿌려진 곳에서 미끄러질 게 뻔했다. 큰 부상을 당할 수도 있는 일이었다. 맥이 구름판을 향해 성큼성큼 다가갈 때, 페니는 두 손으로 눈을 반쯤 가렸다. 하지만 다른 연필들과 달리 맥은 미끄러지거나 발을 헛디뎌 넘어지지 않았다. 뿐만 아니라 가장 멀리 뛰기까지 했다!

랄프의 필기구들이 기뻐서 펄쩍펄쩍 뛰었다. 사라의 연필들도 마찬가지였다.

쿠베르펜 남작이 앞으로 나와 외쳤다.

"이제 펜슬림픽 결승전에 출전할 여섯 선수가 모두 뽑혔수와. 먼저 랄프 필통을 대표하는 맥과 페니!"

랄프의 연필들이 페니와 맥을 어깨 위에 태웠다.

"버트 필통을 대표하는 깜빡이!"

버트의 연필들이 한 무리의 야생동물들처럼 울부짖는 소리를 냈다. 깜빡이 녀석이 으스대며 미소 지었다.

"루시 필통을 대표하는 스트라이프!"

루시 윌리엄스의 이름표를 붙인 연필들이 일제히 박수갈채를 보냈다. 수줍어 얼굴이 온통 붉어지는 바람에 스트라이프의 흰색 줄무늬가 모두 사라져 버렸다. 원래 붉은색 연필이었던 것처럼 보일 지경이었다.

"다섯 번째 선수는 사라 필통을 대표하는 폴리!"

사라의 연필들이 들뜬 표정으로 만세를 불렀다. 랄프의 필기구들도 함께 축하했다. 다른 일 때문에 마음이 복잡했지만, 페니는 친구를 위해 박수 보내는 것을 잊지 않았다.

"끝으로 질겅질겅 숀의 필통을 대표하는 어니!"

여기저기 질겅질겅 깨물린 흉터를 지닌 숀의 연필들이 어니를 어깨 위에 태웠다. 한데 뭉쳐 있으니, 숀의 연필들은 모두 한꺼번에 끔찍한 필통 사고라도 당한 것처럼 보였다. 얼굴 가득 미소를 짓고 있는데도 꼭 그렇게 느껴졌다.

"다음 공식 행사인 개막식은 일요일 밤에 열리수와. 그때까지 펜슬림픽 결승전에 참가하게 된 선수들은 두 가지 추가 종목인 양궁과 조정 경기에 대한 훈련을 충분히 해 두도록! 하지만 오늘은 수업을 좀 일찍 끝마치도록 하겠수와. 그러니 마음껏 축하하되 아이들이 돌아오기 전까지 각자의 필통 속으로 들어가 있기를!"

모든 필기구들이 쿠베르펜 남작의 충고를 따라 필통 속으로 일찌감치 자리를 옮겨서 마음껏 축하했다. 하지만 페니는 친구들의 눈을 피해 필통에서 살짝 빠져나왔다. 페니는 쿠베르펜 남작을 찾아갔다.

"실례합니다, 쿠베르펜 남작님."

페니가 쿠베르펜 남작에게 말을 거는 것은 이번이 처음이었다. 그래서인지 긴장한 탓에 목소리가 약간 떨리고 있었다.

쿠베르펜 남작이 눈썹을 살짝 치켜뜨고 말했다.

"아, 랄프 필통의 페니로군. 오늘 정말 환상적인 경기를 보여 주었수와. 뇌물로 나를 구워삶으러 온 게 아니기를 바라네만."

페니가 손사래를 쳤다.

"물론 절대 아닙니다. 그런데 제 생각에는 멀리뛰기 경기 일부를 누군가 고의로 방해한 것 같아요. 깜빡이 녀석 이후의 모든 멀리뛰기 경기가 좀 이상하거든요."

"아, 고의적인 방해라면 '사보타주' 말이로군. 겉으로는 하는 척하면서 일을 게을리해서 손해를 끼치는 것을 뜻하지. 뜻은 좀 비열하지만, 발음은 정말 아름다운 단어 아닌가?"

페니는 뭐라고 대답해야 할지 몰라서 머무적거리고 있었다.

"그래, 자네 생각에는 누가 고의로 방해한 것 같은가?"

쿠베르펜 남작이 묻자 페니가 남작을 구름판 쪽으로 이끌었다.

"이리 와서 좀 보세요. 누군가 연필 깎을 때 생기는 미끄러운 부스러기들을……."

페니는 말문이 막히고 말았다. 구름판이 사라지고 없었다. 연필심 가루와 나무 부스러기도 흔적조차 없기는 마찬가지였다.

쿠베르펜 남작이 고개를 갸웃했다.

"내 눈에는 눈곱만 한 흔적도 보이지 않수와. 하지만 있었다고 하더라도, 모두 똑같이 영향을 받았다면 별다른 문제가 없지 않을까?"

페니의 표정이 시무룩해졌다. 그러자 쿠베르펜 남작이 웃으며 말했다.

"자네도 어서 가서 친구들과 기쁨을 나누도록."

페니는 필통을 향해 무거운 걸음을 옮겼다. 당장 쿠베르펜 남작에게 깜빡이가 정말 깜빡 속이는 녀석이라는 사실을 확인시킬 방법이 없었다.

필통 속에 들어가 지퍼를 닫으려는데, 버트 책상 위의 무언가가 페니의 시선을 사로잡았다. 버트의 연필들이 모두 버트 필통 주변에 모여 있었다. 그리고 그중 한 연필은 아주 깨끗한 발을 가지고 있었다. 이제 막 새로 깎은 것처럼 보였다. 페니는 좀 더 가까이 다가가 자세히 살폈다. 그러고는 너무 놀라 숨도 제대로 쉬지 못했다. 그 연필의 발이 양탄자 색깔과 너무나도 똑같았기 때문이다!

깜빡이 녀석에 대한 미심쩍은 생각은 절대 틀린 것이 아니었다. 페니는 수정액를 찾으러 허둥지둥 달려갔다.

7

무시무시한 양궁 연습

페니, 수정액, 맥 그리고 얼룩이가 필통 한쪽 구석에 모여 있었다. 페니의 미심쩍은 생각에 대한 얘기를 나누기 위해서였다.

"난 잘 모르겠어. 내가 달릴 때는 전혀 미끄럽지 않았거든. 다른 선수들이 긴장해서 그런 건 아닐까?"

맥이 고개를 갸웃거렸다.

"난 그렇게 생각하지 않아. 내가 달릴 때는 분명히 구름판 앞에 연필심 가루와 나무 부스러기가 있었단 말이야. 어쩌면 네가 운이 좋아서 다 피해 갔는지도 몰라. 네 샤프심은 다른 연필심보다 훨씬 얇으니까."

페니는 의심을 지울 수 없었다.

"맞아. 최근에 버트가 연필을 깎았어. 버트가 연필을 깎는

건 좀처럼 보기 힘든데 말이야. 게다가 그 애 필통 안이 워
낙 지저분해서 연필들의 나무 몸통이 금방 시커멓게 변하곤
하잖아."

지우개 얼룩이가 덧붙였다.

"나도 이해가 가는걸. 깜빡이 녀석은 마지막 경기에서 누
구보다 좋은 기록을 내야 했잖아. 그래야 결승에 진출할 수
있으니까."

수정액도 거들고 나섰다.

"그러니 이제 우리 어쩌면 좋지? 쿠베르펜 남작님은 내 얘기에 전혀 귀 기울이지 않는단 말이야."

페니가 걱정하자 수정액이 페니와 맥에게 당부했다.

"음, 우선은 훈련과 다음 주 시합 때 조심, 또 조심해야 해. 모두의 앞에서 일부러 경기를 방해할 정도라면, 승리를 위해서 수단과 방법을 가리지 않을 테니까."

그때 얼룩이가 물었다.

"그래도 이해가 안 되는 게 하나 있어. 깜빡이 녀석이 어떻게 점수를 바꿔치기했을까?"

"아마 그 녀석 혼자서 한 짓은 아닐 거야."

맥이 의견을 내놓았다.

"누가 그런 짓을 할 수 있는지 맞혀 볼래?"

페니가 몸서리를 치면서 물었다.

"너 설마……."

얼룩이가 말끝을 흐리자 페니가 말을 받았다.

"그래, 검은 매직펜. 왜 아니겠어? 뭔가 일이 꼬일 때면, 항상 그 녀석이 나타났어. 그리고 그 녀석도 한때는 버트의 필통 속에서 살았다는 걸, 우리 모두 알잖아."

"그럴 수도 있겠다, 페니. 하지만 그렇다고 해도 기록이 바뀐 건 어떻게 설명하지? 기록을 한 건 매직펜이 아니라 분필이었다고."

수정액이 제법 심각한 목소리로 얘기했다.

"아마 간접적으로 영향을 줬을 거야. 자기 잉크 냄새 같은 것으로 최면을 걸었을지도 모르고."

페니가 말했다.

"그 녀석이 전에도 썼던 수법이잖아."

수정액은 지난날 검은 매직펜이 자기를 힘으로 제압하고 페니를 필통 밖으로 쫓아냈던 일을 떠올리며 말했다.

"어떻게 이런 일을 꾸몄을까?"

맥이 물었다.

"그냥 뚜껑을 벗어 버리고……."

페니가 얘기를 시작하려 하자 맥이 고개를 절레절레 흔들었다.

"아니야. 절대 그럴 리 없어. 그 녀석이 무슨 수로 돌아왔겠어? 그 녀석은 쫓겨났고, 모든 걸 다 빼앗겼고, 결국 스탠드 괴물한테 먹혀 버렸는데……."

그때 수정액이 입을 열었다.

"하지만 아무도 검은 매직펜이 스탠드 괴물한테 잡아먹히는 걸 직접 보지 못했잖아."

"어쨌거나 뭔가 나쁜 일이 일어날 때마다 뒤에는 항상 검은 매직펜이 있었어. 게다가 녀석은 시간이 갈수록 점점 더 강해지고 있다고."

페니가 힘주어 말했다.

"그래도 쿠베르펜 남작의 훈련 덕분에 우리도 조금씩 강해지고 있으니 얼마나 다행이야."

맥이 옆에서 다독였다.

"너무 걱정하지 말자. 너희는 펜슬림픽에 집중해야 하잖아. 둘 중 하나가 승리한다면, 그건 무엇과도 바꿀 수 없는 소중한 것일 테니까."

"최선을 다할게."

수정액의 말에 맥이 고개를 끄덕였다.

"그리고 한 가지 더! 아무래도 다른 선수들에게도 위험을 알리는 게 좋겠어."

수정액이 덧붙였다.

"그러면 나 또 비밀 작전을 수행하는 거야?"

페니가 신이 나서 물었다.

"아니. 전혀 그럴 필요 없어. 내일 아침 훈련 때 그냥 조용히 귀띔해 주는 것만으로도 충분할 테니까."

수정액이 흥분한 페니를 진정시켰다.

　　　　　　　　　　　✳

다음 날 아침 체육 수업을 위해 아이들이 교실 밖으로 나가자 페니와 맥은 폴리, 스트라이프, 어니 그리고 깜빡이 녀석과 함께 쿠베르펜 남작에게 갔다. 특별 훈련을 받기 위해서였다.

"다른 필기구들은 뭘 할지 궁금하지 않니?"

폴리가 맥과 페니에게 물었다.

그때였다. 갑자기 들려오는 호루라기 소리에 연필들이 고개를 돌렸다. 목에 호루라기를 걸고 스워드 선생님의 책상 위에 서 있는 수정액이 보였다.

"수정액이 훈련 책임을 맡았나 봐."

페니가 놀라서 어리벙벙한 얼굴로 속삭였다. 수정액에게 아무런 얘기도 듣지 못했기 때문이다.

"저 토실토실한 녀석의 책임이 막중할 것 같군."

페니가 속삭이는 걸 우연히 들은 쿠베르펜 남작이 중얼거렸다. 그러고는 연필들을 향해 외쳤다.

"모두들 이쪽으로 모이도록! 오늘 아침에는 양궁에 대해 배우겠수와."

"우아, 정말 굉장하다!"

어니가 탄성을 질렀다. 펜슬림픽 예선전에서 좋은 성적을 내고 결승에 오른 게 아직도 실감 나지 않는 눈치였다.

쿠베르펜 남작이 설명을 시작했다.

"양궁은 펜슬림픽 경기 가운데 가장 위험하수와. 다른 종목에 비해 정확성이 훨씬 더 요구되고, 단 한 번의 실수도 선수 자신에게 치명적일 수 있기 때문이지."

모두가 놀라 숨을 죽였다.

"그래서 지금 여기 모인 연필들에게만 가르쳐 주는 거수와. 너도나도 덤벼들면 큰 재앙으로 이어질 수 있으니."

쿠베르펜 남작은 막대자들이 있는 곳으로 연필들을 이끌었다. 각각의 자들은 몸에 고무줄을 감고 똑바로 줄지어 서 있었다.

"방법은 아주 간단하수와. 우선 활 속에 이렇게 몸을 집어넣고……."

쿠베르펜 남작이 막대자의 허리를 붙잡고 고무줄에 발을 끼워 넣었다.

"다음은 이렇게 몸을 쭉 늘리고……."

남작이 바닥과 평행이 되도록 온몸을 쭉 뻗었다.

"과녁을 향해 조준을 한 다음……."

남작이 발을 가볍게 흔들었다.

"준비가 되면, 발사!"

쿠베르펜 남작이 막대자에서 튕겨져 나왔다. 그러자 교실 앞쪽을 향해 무서운 속도로 날아갔다. 남작의 뾰족한 발끝이 맞은편 벽의 코르크 메모판에 붙여 둔 과녁 한가운데에 박혔다. 활과 메모판 사이의 바닥에는 아이들의 외투가 여

러 겹으로 깔려 있었다.

쿠베르펜 남작은 두 손으로 과녁을 밀어 뾰족한 황갈색 발을 빼냈다. 그리고 바닥에 산처럼 쌓인 아이들의 외투 위로 사뿐히 내려앉았다.

쿠베르펜 남작이 분필들을 향해 언성을 높였다.

"외투들을 좀 더 넓게 펼쳐 놓아야 해! 선수들은 모두 초보자야! 다시 말해 어디로 떨어질지 모른다고!"

"죄송해요, 남작님."

분필들이 사과를 하더니 서둘러 아이들의 외투를 훨씬 넓게 흩어 놓았다.

외투가 모두 정리되자, 쿠베르펜 남작이 말을 이었다.

"자, 처음 해 보는 것이니 한 선수씩 차례로 하겠수와. 점수가 제일 높은 연필부터 시작하지. 랄프 필통의 맥!"

맥이 앞으로 나와 막대자를 움켜쥐었다. 그런 다음 고무줄에 발을 고정시키고 최대한 몸을 곧게 폈다. 하지만 생각보다 아주 어려운 일이었다. 맥은 다리를 후들후들 떨다가 그만 코앞에 떨어지고 말았다.

쿠베르펜 남작이 맥을 위로했다.

"다음에는 좀 더 잘할 수 있기를 비네. 다음!"

페니의 순서였다. 영 내키지 않는 얼굴로 페니가 앞으로 나왔다. 페니 역시 막대자와 고무줄 사이에서 몸을 곧게 펴는 것이 너무 힘들었다. 게다가 그 상태에서 과녁을 조준한다는 것은 상상할 수 없을 만큼 어려웠다. 저도 모르게 몸이 위아래로 계속 떨렸다. 모르는 사람이 보면 꼭 박자를 맞추고 있는 것처럼 보일 정도였다. 페니는 과녁의 위쪽에서 아래쪽으로 몸이 흔들리는 데 시간이 얼마나 걸리는지 속으로 재 보았다. 5초였다. 이번에는 아래쪽에서 위쪽으로 몸이 떨리기 시작했다. 이번에도 꼭 5초가 걸렸다. 다시 몸이 위에서 아래로 흔들리기 시작하자, 페니는 꼭 2.5초가 지났을 때 몸을 날렸다. 튕겨진 고무줄은 무서운 속도로 페니를 코르크 메모판으로 날려 보냈다. 페니는 너무 무서워서 두 눈을 꼭 감았다. 그리고 발톱이 메모판에 단단히 박히는 것이 느껴진 뒤에야 살며시 눈을 떴다.

쿠베르펜 남작이 탄성을 질렀다.

"정말 훌륭하군! 처음 해 본 연필이라고는 믿을 수 없수와. 랄프 필통의 페니, 자네는 타고난 양궁 선수네."

　페니가 메모판에서 발을 빼낸 다음 바닥에 수북하게 쌓여

있는 아이들 외투 위로 사뿐히 내려왔다.

　뒤이어 폴리, 스트라이프, 깜빡이 그리고 어니가 성공과

실패를 반복했다. 어니는 조준을 심하게 잘못한 나머지 천

장에 가서 박혔다가 출발선으로 뚝 떨어졌다. 폴리는 최선을 다한 덕분에 과녁 가장자리에 박힐 수 있었다. 아주 아슬아슬하기는 했지만. 스트라이프는 교실 천장에 박혀 버리는 바람에 칠판지우개의 도움으로 겨우 내려올 수 있었다. 깜빡이도 꽤 잘했다. 비록 메모판을 벗어나 벽에 단단히 박혀 버렸지만.

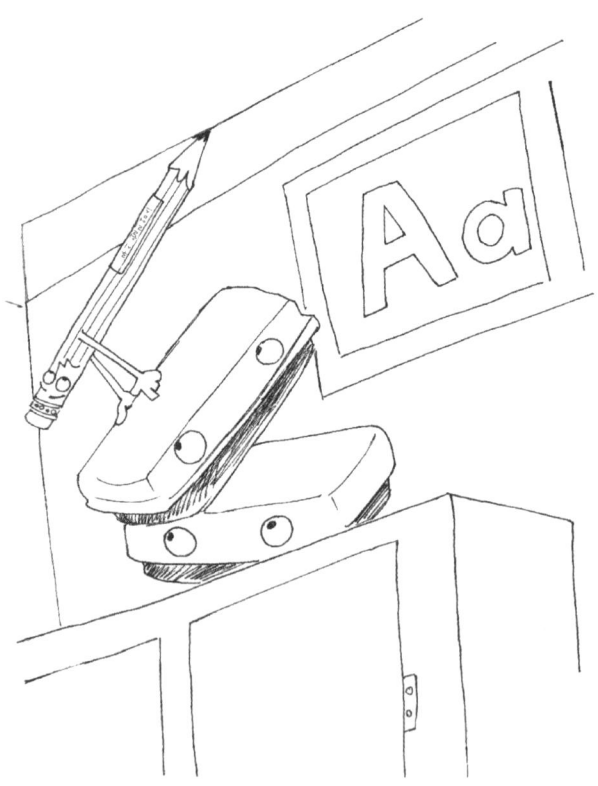

함께 순서를 기다리는 동안 페니는 폴리에게 수정액, 맥 그리고 얼룩이와 함께 나눈 이야기를 자세히 들려주었다. 내용을 듣고 난 폴리가 고개를 끄덕였다.

"나도 어제 멀리뛰기를 할 때, 구름판 주변에 뭔가 있다고 생각했어. 하지만 불평하는 연필들이 하나도 없어서 그냥 넘어갔던 거야."

"쿠베르펜 남작님에게 얘기해 봤지만 별다른 관심을 보이지 않았어."

페니가 말했다.

"사실 어제는 너를 믿지 않았어. 정말 미안해. 깜빡이 녀석에 대한 네 생각이 옳았어. 게다가 저 녀석 오늘 아침 내내 엄청 쌀쌀맞게 구는 거 있지."

폴리가 페니에게 미안해했다. 그리고 깜빡이의 태도는 정말 그랬다. 다른 연필들은 모두 서로 도와 가며 양궁 연습에 열심이었지만, 깜빡이 녀석은 한쪽에 서 있기만 했다. 그것도 다른 연필들을 향해 비웃음을 던지면서.

"이제 연습이 거의 끝나 가. 맥도 지금 어니에게 이 얘기를 해 주고 있어. 스트라이프한테는 네가 좀 전해 줄래? 저 녀석, 돌아올 수 있다면 말이야."

페니가 폴리에게 부탁했다.

이제 막 과녁을 향해 두 번째로 몸을 날린 스트라이프는 천장과 벽 사이 틈에 단단히 박혀 있었다. 칠판지우개들이 곤경에 처한 스트라이프를 도우려고 안간힘을 썼다.

"그래도 첫 번째보다는 훨씬 낫군."

쿠베르펜 남작이 가까스로 천장과 벽 틈에서 빠져나온 스트라이프를 격려했다.

연필들은 오전 수업 시간 내내 연습을 멈추지 않았다. 덕분에 수업이 끝날 무렵에는 모두 과녁을 향해 곧게 날아갈 수 있을 정도가 되었다. 비록 과녁에 박힐 정도로 힘차게 멀리 날아가지는 못했지만.

연습이 모두 끝나고 복도에서 아이들의 발자국 소리가 들리기 시작하자 쿠베르펜 남작이 서둘러 훈련을 마무리했다.

"수고들 많았수와. 내일은 조정 연습을 하겠네."

연필들이 각자의 필통을 향해 허둥지둥 달려가는 동안, 분필과 칠판지우개들은 아이들의 외투를 제자리에 걸어 두었다. 폴리는 페니와 맥과 함께 랄프의 필통 속으로 깡충 뛰어 들어갔다. 계획을 세워야 했다.

"스트라이프는 내 경고에 전혀 귀 기울이지 않았어. 스트라이프도 루시 필통에 사는 연필이잖아. 그러니 이름표에 써서 몸통에 붙여 주지 않는 이상 아무것도 믿지 않을 거야."

폴리가 먼저 말을 꺼냈고, 이어서 맥이 이야기했다.

"어니는 내 말을 믿었어. 질겅질겅 손의 필통에서 평생을 겁에 질려 살아왔기 때문에, 위험에 대비하려고 항상 주변 상황을 꼼꼼히 살피니까."

"좋아. 우리는 적어도 모두에게 경고를 했어. 우리 말을 믿든 안 믿든, 그건 각자의 선택이야."

페니의 말을 듣고 수정액이 가만히 한마디 했다.

"모두가 경고를 받은 건 아니야."

"뭐라고?"

페니와 맥과 폴리가 동시에 물었다.

"깜빡이에게는 아무도 말해 주지 않았잖아."

수정액의 말에 페니가 흥분해서 식식거렸다.

"하지만…… 그 녀석한테는 말해 줄 필요가 없어. 다른 연필들을 깜빡 속이려는 게 바로 그 녀석이니까!"

그런데 수정액이 그럴 듯한 이야기를 했다.

"어쩌면 그 녀석도 최면에 걸린 건지도 몰라. 분필처럼."

"네 말도 일리가 있지만 그래도 나는 그렇게 생각하지 않아. 나는 그동안 깜빡이 녀석을 지켜봤어. 녀석은 자기가 무슨 일을 하고 있는지 정확히 알고 있었어."

폴리가 진지하게 말했다. 그러자 수정액이 항복의 뜻으로 두 손을 들어 올렸다.

"알겠어. 나는 우리가 그런 가능성도 염두에 두어야 한다고 생각했을 뿐이야. 하지만 만일 네가 확신한……."

그때 페니가 수정액의 말을 가로막았다.

"물론 우리는 확신해. 100퍼센트!"

폴리와 맥도 고개를 끄덕였다.

"그렇다면 좋아. 모든 일을 아주 신중하게 진행하도록 하자. 나는 아직 검은 매직펜이 원하는 게 뭔지 정확히 모르겠어. 하지만 그것이 무엇이든 목표를 이룰 때까지, 검은 매직펜이 절대 멈추지 않을 거라는 건 분명히 알아!"

수정액이 주먹을 불끈 쥐었다.

8

"교실에 남도록 해!"

오전 체육 수업을 마치고 교실로 돌아온 페인 선생님이 갑자기 호루라기를 불어 댔다. 그 소리가 어찌나 요란했던지, 교실 창문이 심하게 흔들릴 정도였다.

"이거 누구 짓이지?"

선생님이 날카롭게 소리치자 아이들은 선생님 손끝이 가리키는 벽 쪽으로 고개를 돌렸다. 조금 전까지 스트라이프가 박혀 있던 벽과 천장 사이의 틈이었다. 칠판지우개들이 스트라이프를 구하려고 안간힘을 쓰는 동안 여러 가지 색깔의 넓적한 분필 가루 흔적을 여기저기 남겨 놓았던 것이다. 선생님의 천둥 같은 목소리가 온 교실에 울려 퍼졌다.

"오늘 아침에 교실을 나갈 때는 분명히 없던 자국이거든. 다시 말하면, 내 수업을 빼먹은 어떤 녀석이 해 놓은 짓이라

는 거지! 깔끔하지 못한 것이 나쁜 줄도 모르는 녀석이 도대
체 누구지?"

　페인 선생님이 두 눈을 부릅뜨고는 아이들 한 명, 한 명을
뚫어져라 쳐다봤다. 선생님과 눈이 마주칠 때마다 아이들
은 흠칫 놀라 잔뜩 몸을 움츠렸다.

"아, 제 발로는 못 일어나시겠다? 난 공공시설을 망가뜨리는 사람을 정말 싫어한다. 그중에서도 제일 싫은 건 바로 신성한 교실을 엉망으로 만드는 사람이지! 그리고 난 이것이 누구 짓인지 알아낼 방법을 알고 있어."

페인 선생님이 다시 목소리를 높이며 학보자달체성이 붙어 있는 벽 쪽으로 갔다.

"오늘 유난히 운동량이 적은 사람이 누군지 볼 거다. 다시 말하면, 수업을 빼먹은 사람을 찾겠다는 뜻이지. 이번이 마지막 기회야. 스스로 일어나면 벌을 훨씬 덜 받을 거다. 하지만 내가 직접 찾아내면 국물도 없을 줄 알아!"

아이들은 입을 꾹 다문 채 서로 눈치만 살폈다.

"좋아. 선생님이 분명히 경고했다는 사실을 잊지 말도록."

페인 선생님은 돌아서서 운동량을 더하기 시작했다. 앞줄에 앉은 아이들은 목을 길게 빼고서 선생님이 뭐라고 쓰는지 보느라 안간힘을 썼다. 5분 뒤에, 선생님이 다시 아이들을 향해 돌아섰다.

"자, 이제 새로운 반장을 뽑아야 할 것 같군. 왜냐하면 반장인 랄프가 오늘 운동장을 돌지 않았으니까!"

"네?"

랄프는 너무 놀라서 목소리가 크게 나와 버렸다.

"공공시설 파괴자에다, 거짓말쟁이에다, 버릇까지 없는 녀석이로군! 교실에서 아무 때나 입을 열다니!"

랄프는 억울했다.

"하지만 저는 분명히 운동장을 달렸는걸요. 그리고 분명히 적어……"

페인 선생님이 버럭 성을 냈다.

"조용! 내가 조금 전에 분명히 교실에서 아무 때나 입을 여는 건 버릇없는 행동이라고 말하지 않았던가?"

랄프는 조용히 입을 다물었다. 하지만 대답을 해야 하는 건지 말아야 하는 건지 도무지 알 수가 없었다.

수업 끝나는 종이 울렸지만 아무도 움직이지 않았다.

"모두 교실 밖으로 나가도 좋아. 랄프만 빼고!"

선생님 말이 떨어지기 무섭게 아이들은 모두 간식을 챙겨서 자리에서 일어났다. 평소엔 케이크를 웃옷 속에 감춰서 가지고 나가야 했지만 오늘은 달랐다. 코앞에서 흔들며 지나가도 페인 선생님은 이를 알아채지 못했다. 랄프를 쳐다보느라 바빠서 다른 것에 신경 쓸 겨를이 없었기 때문이다.

랄프와 사라만 빼고 아이들 모두 교실을 빠져나갔다.

"넌 아직 안 나가고 뭐 하는 거지?"

선생님이 묻자 사라가 또박또박 말했다.

"선생님, 랄프는 오늘 체육 수업을 빼먹지 않았어요."

"너 지금 가여운 친구를 위해 변명을 하는 거니?"

페인 선생님이 목소리를 높였다.

"아니요. 랄프는 체육 시간에도 제 짝이에요. 저희 둘은 체육 시간 내내 함께 있었는걸요."

"그러니까 너희 둘이 여기 같이 있었다는 거니?"

"아니요. 저희 둘 다 체육 시간 내내 운동장에……."

랄프도 이의를 제기하려다 말끝을 흐렸다. 화가 머리끝까지 난 페인 선생님의 얼굴이 붉다 못해 보라색으로 변하는 것을 보았기 때문이다.

"제가 의견을 한 가지 말씀드려도 될까요?"

사라가 제법 큰 목소리로 물었다.

"그래, 어디 한번 들어 볼까?"

선생님 목소리가 날카로웠다.

"랄프의 손을 확인해 보세요."

"뭐?"

"랄프의 손을 확인해 보시라고요. 천장에 칠판지우개를 던지면서 놀았다면, 틀림없이 랄프 손바닥에도 분필 가루가 묻었을 테니까요."

페인 선생님이 한동안 사라를 뚫어지게 쳐다봤다. 그러고 나서 랄프 쪽으로 고개를 홱 돌리며 말했다.

"책상 위로 손을 올려라, 랄프. 손바닥이 위로 향하도록!"

랄프는 얼른 선생님이 시키는 대로 했다.

페인 선생님이 랄프의 손을 꼼꼼히 살폈다. 어디에서도 분필의 흔적을 찾을 수 없었다.

"벌써 분필 가루를 씻어 낸 건가, 응?"

선생님이 호통을 쳤다.

"그럼 옷소매를 확인해 보세요. 바지도요. 옷에서는 분필 가루를 털어 내기가 훨씬 더 어려우니까요."

사라가 다시 의견을 내놓았다.

페인 선생님은 랄프의 목덜미를 당겨 자리에서 일으켜 세웠다. 그러고는 이리저리 거칠게 옷을 살폈다. 하지만 분필 가루는 발견하지 못했다. 선생님이 랄프를 잡고 있던 손을 놓자 랄프가 의자 위에 털썩 주저앉았다.

"깨끗해 보이는구나. 증거를 통해서 볼 때, 무죄임이 밝혀졌다. 너희 둘 다 그만 가 봐도 좋아."

페인 선생님이 랄프와 사라를 번갈아 쳐다보더니 말했다.

두 사람은 얼른 의자를 박차고 일어났다. 선생님 마음이 바뀌기 전에 헐레벌떡 교실을 빠져나왔다.

"정말 고마워, 사라."

"아직 한 가지 미심쩍은 게 있어. 넌 오늘 다른 날보다 운동장을 더 돌았잖아. 그런데 학보자달체성에는 네가 달리기를 빼먹었다고 기록되어 있었어."

"아마 선생님이 더하는 걸 깜빡하신 모양이지."

랄프가 어깨를 으쓱해 보였다.

"어쩌면…… 누군가 너를 곤란하게 만들려고 일부러 천장에 칠판지우개 자국을 남겨 놓았을지도 몰라."

사라가 두 눈을 가늘게 뜨고 운동장 반대쪽에 있는 말썽꾸러기 버트를 지켜보며 말했다.

"하지만 저 녀석이 왜 그랬겠어?"

랄프가 물었다.

"충분히 그럴 수 있지. 네가 어제 내 편을 들었으니까. 아니면 우리 반 챔피언이 되고 싶어서 그랬을 수도 있고. 그렇다면 네 점수를 바꾼 것도 설명이 되잖아."

사라는 곰곰 생각에 잠기더니 입을 열었다.

"그래도 천장의 분필 가루는 여전히 아리송한걸."

"아니야, 그렇지 않아."

"하지만 솔직히 아무리 생각해도 버트 녀석이 그렇게 멀리 내다보고 무슨 일을 꾸몄을 것 같지는 않은데."

랄프가 여전히 심각하게 고민하는 것 같지 않자 사라가 다시 진지하게 얘기했다.

"아무래도…… 버트 저 녀석, 경쟁에서 이기고 싶어서 안달이 난 것처럼 보인단 말이야. 저 녀석을 멈출 수 있는 사람은 너뿐이야, 랄프. 그러니까 평소보다 더 조심하는 게 좋겠어."

상을 받은 페니

다음 날 아침, 쿠베르펜 남작은 페니, 폴리, 맥, 어니, 스트라이프 그리고 깜빡이 녀석을 운동장에 집합시켰다. 조정 경기를 대비해 배 타는 방법을 가르쳐 줄 계획이었다. 아이들이 운동장 위쪽에서 운동을 하는 사이, 쿠베르펜 남작과 연필들은 운동장 아래쪽 수돗가에 자리를 잡았다.

분필들이 벌써 수돗가에다 근사한 조정 경기장을 만들어 둔 상태였다. 물 빠지는 구멍을 막아서 물이 가득 고이게 한 것이다. 물 위에는 양쪽에 아이스크림 막대가 달린 낡은 병뚜껑이 동실동실 떠 있었다.

"오늘 아침에는 조정 경기 연습을 하겠수와. 노를 저어 본 경험이 있는 선수?"

쿠베르펜 남작이 묻자 연필들 모두 고개를 저었다.

"이것은 아주 쉽수와. 그래도 한 가지 어려운 점이 있다면, 배가 나아가는 것과 반대 방향으로 얼굴이 향한다는 것뿐. 뱃머리 쪽에 등을 대고 앉아서, 배의 꼬리 부분을 바라보면서 노를 젓는다는 말이지. 각자 맘에 드는 배를 골라 타도록."

연필들이 수돗가로 올라갔다. 폴리가 제일 가까운 배에 올라타려는데, 깜빡이 녀석이 거세게 밀쳤다. 가여운 폴리는 하마터면 물속에 빠질 뻔했다.

"깜빡이 너, 조심해야지."

맥이 말했다.

"내가 뭘?"

깜빡이가 눈을 잔뜩 흘겼다.

쿠베르펜 남작이 둘 사이를 막아섰다.

"오호! 벌써 선의의 경쟁자가 생긴 모양이로군!"

"꼭 그렇지도 않아요."

맥이 마지막으로 남은 배에 깡충 뛰어오르며 말했다.

조정은 양궁만큼 위험하지 않았기 때문에 연필들은 모두 함께 연습하기로 했다. 하지만 이것은 그리 좋은 생각이 아니었다.

노를 젓는 데 익숙하지 않다 보니 자꾸만 서로 충돌하게 됐다. 그리고 페니는 깜빡이가 유독 자기 배하고만 더 세게 부딪친다는 사실을 알아챘다. 이를 피할 수 있는 유일한 방법은 깜빡이 녀석을 지켜볼 수 있는 자리로 배를 움직여 가는 것이었다. 배가 나아가는 방향에 등을 대고 앉아 있으니, 녀석의 배보다 앞서야 가능한 일이었다.

일단 녀석을 앞지르고 나자 노 젓기가 훨씬 수월해졌다. 이제 페니는 선두에 있어서 다른 연필들이 뭘 하는지 훤히

볼 수 있었다.

어니는 아직도 노 젓는 요령을 터득하지 못해 너무 오른쪽
으로 치우친 상태였다. 방향을 바꿔 보려고 안간힘을 쓰자,
이번에는 뱃머리가 너무 왼쪽으로 기울고 말았다. 맥도 노
젓는 데는 영 소질이 없었다. 덕분에 배가 제자리에서 뱅글
뱅글 맴돌았다. 맥의 붉은 얼굴이 점점 짙은 녹색으로 변해
갔다. 아무래도 배 멀미가 나는 모양이었다.

반면 폴리는 아주 잘 해내고 있었다. 얼마 지나지 않아 폴
리가 페니 뒤를 바짝 따라오며 말했다.

"이거 정말 재밌다, 안 그래?"

"앗! 조심해, 폴리!"

페니가 외쳤다. 깜빡이가 있는 힘껏 노를 저으며 그들을 향해 돌진해 오고 있었다.

"페니, 어서! 노를 저어!"

이번엔 폴리가 다급히 외쳤다.

페니와 폴리는 노를 힘껏 당겨서 가까스로 깜빡이 녀석의 배를 피했다. 둘은 맞은편 가장자리로 노를 저어서 배를 세우려고 했다.

"뭣들 하수와? 이제 반을 왔을 뿐인데! 반대로 노를 저어서 출발선으로 다시 돌아가야지."

쿠베르펜 남작이 소리쳤다.

페니와 폴리는 놀란 눈으로 서로를 쳐다봤다. 반대 방향으로 노를 젓는다는 건 깜빡이 녀석을 다시 지나쳐야 한다는 뜻이었다. 둘은 녀석이 자기들을 노리고 있다는 사실을 잘 알고 있었다.

"폴리, 잠깐만. 우리 흩어지자. 너는 오른쪽으로 가. 난 왼쪽으로 갈게. 그럼 녀석은 우리 중 하나만 쫓아올 거야."

페니가 말했다.

"좋아."

폴리가 고개를 끄덕이며 오른쪽으로 노를 저었다.

"너 지금 뭐 하는 거야?"

깜짝 놀란 페니가 물었다. 하마터면 폴리의 배와 부딪힐 뻔했기 때문이다.

"오른쪽으로 노를 젓고 있잖아."

고개를 돌려 다가오는 깜빡이를 살피면서 폴리가 대답했다.

"우린 지금 뒤로 돌아앉아 있잖아. 그러니까 오른쪽이라는 건 실제로는 왼쪽을 뜻하는 거라고!"

페니가 흥분해서 소리쳤다. 이제 깜빡이 녀석의 배가 코앞에서 충돌하기 직전이었다.

"어쩔 수 없어. 그냥 가!"

폴리가 외쳤다.

폴리와 페니는 가장자리를 향해 나란히 노를 저었다. 바짝 다가온 깜빡이의 배를 비껴가자면 그 방법뿐이었다. 페니는 있는 힘껏 노를 당겨 가까스로 녀석과의 충돌을 피했다. 폴리도 똑같이 했다. 그러자 깜빡이 녀석의 배가 페니와 폴리 사이로 미끄러지듯 빠져나가 벽을 들이받고 말았다. 그 바람에 깜빡이 녀석은 물에 빠지고, 구석에 박힌 뱃머리는 꼼짝도 하지 않았다. 다른 배들은 항해를 계속하는데, 깜빡이 녀석은 공중으로 펄쩍 뛰어올랐다가 다시 물속에 풍덩 빠졌다. 물에 빠진 깜빡이가 수면 위아래로 부산하게 움직이면서 고래고래 소리를 질러 댔다.

"도와줘! 도와 달라고! 난 수영 못한단 말이야!"

페니와 폴리가 서로 쳐다봤다. 순간 페니는 깜빡이 녀석을 향해 배를 돌렸다.

"페니, 뭐 하는 거야?"

폴리가 외쳤다.

"저 녀석을 물에 빠져 죽도록 그냥 내버려 둘 순 없잖아."

깜빡이와 가까워지자 페니가 녀석에게 노를 내밀었다.

"이걸 잡아."

깜빡이가 페니의 노에 찰싹 달라붙었고, 페니는 녀석을

물 위로 끌어올려 자기 배에 태웠다.

출발선에 서 있던 쿠베르펜 남작이 박수를 보냈다.

"훌륭해! 정말 훌륭해! 진정한 스포츠 정신의 멋진 표본이
수와."

페니가 출발선을 향해 열심히 노를 젓는 동안 깜빡이 녀
석이 페니를 슬쩍 흘겨보며 말했다.

"모두 네 탓이야. 네가 그렇게 멍청하게 배를 움직이지만
않았어도……."

"천만에. 자, 이제 내 배에서 내려. 그리고 내 눈앞에서 얼른 사라져."

페니가 물에 푹 젖어 덜덜 떨고 있는 깜빡이 녀석을 출발선에 내려 주고는 뱃머리를 돌렸다.

＊

훈련이 모두 끝나자 쿠베르펜 남작이 연필들을 모두 교실로 돌려보냈다. 하지만 페니에게는 잠시 남아 달라고 부탁했다. 페니는 녀석의 남을 깜빡 속이는 행동에 대해 남작이 무슨 말을 하지 않을까 기대했다.

비록 기대에는 어긋났지만, 쿠베르펜 남작의 얘기는 페니를 깜짝 놀라게 하기에 충분했다.

"자네가 오늘 한 행동은 정말 영웅적이었수와. 랄프 필통의 페니!"

"감사합니다, 쿠베르펜 남작님."

"전쟁 중이었다면 훈장을 받아 마땅한 행동이수와!"

훈장이라는 얘기에 페니의 두 눈이 반짝거렸다.

"불행스럽게도, 아니 오히려 다행이겠
지만, 어쨌거나 우리는 지금 전쟁 중
에 있지 않수와. 하지만 자네에게
줄 수 있는 상이 하나 있는
데……."

쿠베르펜 남작이 페니의 귀에
대고 속삭였다.

"받을게요!"

페니가 외쳤다.

"대신 아무에게도 얘기해서는
안 되수와. 모두가 깜짝 놀랄
만한 것이니까!"

"입에다 자물쇠를 단단히 채워 둘게요."

페니가 고개를 끄덕였다. 신이 난 페니는 깡충깡충 뛰어
서 랄프의 필통으로 돌아갔다.

개막식

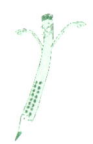

　펜슬림픽을 앞둔 일주일 동안 페니의 두 눈은 점점 흐릿해
졌다. 모든 훈련을 소화해 내야 할 뿐 아니라 비밀 연설까지
준비해야 했기 때문이다. 하지만 스워드 선생님은 아이들에
게 뭔가 새롭고 흥미진진한 일을 시켰다.

　그것은 완전히 수학도 아니고 미술도 아닌 것이 두 과목
을 절묘하게 섞어 놓은 것이라고 보는 게 정확했다. 게다가
그림을 그리는 새로운 장비까지 사용해야 했다.

　페니는 처음으로 조정 경기를 연습한 날 오후, 그 새로운
장비와도 처음으로 만났다. 새 장비도 페니처럼 은색이었지
만 훨씬 더 반짝였다. 그것은 두 개의 다리를 가지고 있었는
데, 하나는 길고 아주 뾰족했다. 나머지 하나는 좀 짧으면서
끝에 커다랗고 속이 텅 빈 고리가 달려 있었다.

"안녕, 나는 마리코라고 해."

새로운 장비가 인사를 건넸다.

"난 페니야. 근데 네가 누군지 물어도 실례가 안 될까?"

새로운 장비를 흥미롭게 쳐다보며 페니도 인사를 했다.

"물론이지. 난 컴퍼스야. 아이들과 너희 같은 연필들이 완
벽한 원을 그리도록 돕는 게 내 임무란다."

마리코가 어깨를 으쓱해 보이며 말했다.

랄프가 마리코를 집어 들 때, 페니가 물었다.

"그럼 넌 일종의 선생님……."

"그렇지는 않아."

마리코가 고개를 저었다.

페니는 문득 마리코와의 거리가 점점 가까워지고 있다는 사실을 깨달았다. 랄프가 마리코의 다리에 붙은 고리에서 뭔가를 돌려서 빼내더니, 그 한가운데에 페니를 끼워 넣는 것이 아닌가! 그러고 나서 랄프는 페니가 움직일 수 없도록 뭔가로 단단히 조였다.

"정말 미안해. 아무래도 랄프가 나를 네 고리에 단단히 고정시킨 것 같아."

페니가 무안해하며 웃음을 지었다.

"응, 아마 그랬을 거야."

마리코가 다리를 바깥쪽으로 쭉 뻗으면서 얘기했다.

랄프는 페니의 발끝과 마리코의 다른 발 사이가 정확히 3센티미터가 될 때까지 마리코를 움직였다. 그러고 나서 마리코의 뾰족한 다리를 종이 한가운데에 꽂았다.

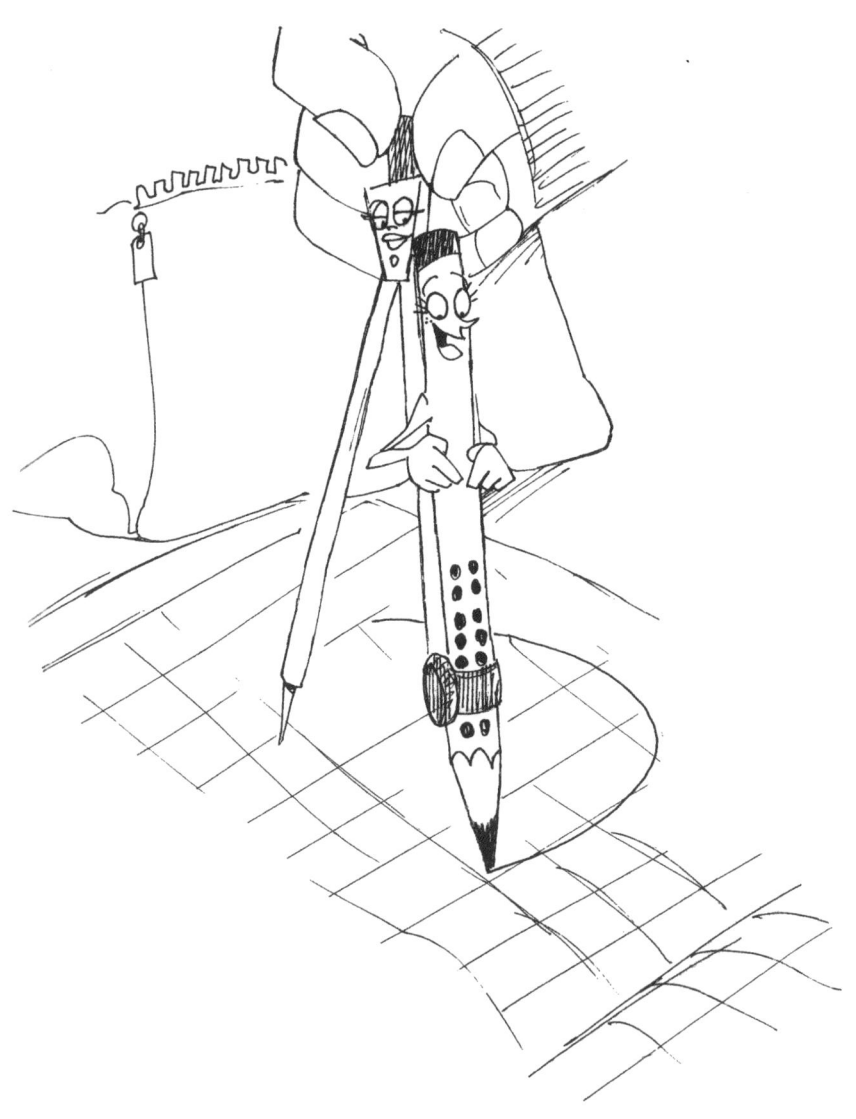

"자, 간다. 와아아아아아아아!"

마리코가 탄성을 질렀다.

랄프는 페니와 마리코를 빙그르르 돌렸다. 그러자 페니의
발가락이 종이 위에 깨끗한 선을 남겼다. 페니의 발끝이 시
작한 지점에 이르자 랄프는 돌리던 것을 그만 멈추었다. 페
니는 종이 위에 그려진 선을 좀 더 자세히 살폈다. 그것은
그냥 선이 아니고…… 바로 원이었다! 게다가 어디 한 군데
흔들리거나 찌그러진 곳이 없었다.

"정말 놀라워! 내가 저렇게 완벽한 선을 그릴 수 있을 줄
은 몰랐어."

페니와 마리코는 한 시간 내내 여러 가지 크기의 다양한
원을 그렸다. 그때마다 랄프는 마리코의 다리를 바깥쪽으로
밀기도 하고, 안쪽으로 당기기도 했다. 좀 더 큰 원이나 작
은 원을 그리기 위해서였다.

수업을 마치는 종이 울리자 랄프는 페니를 조이고 있던 것
을 풀고 마리코의 고리에서 페니를 빼냈다.

"아, 근사한 친구. 너를 얼른 모두에게 소개하고 싶어서 못
참겠어."

페니가 들뜬 목소리로 얘기했다.

"그럴 수는 없어."

마리코가 고개를 떨구었다.

"왜?"

페니가 놀라 물었다.

"난 너와 함께 갈 수 없어. 수학에 필요한 도구들을 모아 놓은 특별한 상자 속으로 들어가야 하거든."

"왜 꼭 그래야 하는데?"

"내 발톱 때문에. 아주 날카롭거든. 너무 위험해서 보통 필통에는 들어갈 수가 없어."

그때였다. 제대로 인사를 나누기도 전에, 랄프가 마리코를 집어 특별한 상자 속에 넣었다. 페니는 혼자 쓸쓸히 평범한 필통 속으로 돌아갔다.

✳

랄프와 친구들은 아직 고학년이 되지 않았기 때문에 주말 에는 숙제가 없었다. 그것이 학교의 방침이었다. 그래서 금요일 수업이 끝나면 모든 아이들은 필통을 학교에 두고 집으로 돌아갔다. 연필들은 대부분 주말을 싫어했다. 그리거나 쓸 수 있는 기회가 없었기 때문이다. 하지만 일요일 밤에 펜슬림픽 개막식이 열리기로 되어 있는 이번 주말만은 달랐다.

펜슬림픽 예선전을 통과한 연필들이 열심히 연습하는 동안, 나머지 필기구들은 자기 팀의 깃발을 만들거나 장식을 도왔다. 쿠베르펜 남작은 선수들을 지도할 뿐 아니라 분주하게 움직이며 이런저런 지시를 내리느라 바빴다.

"아니, 아니야! 그게 아니고, 이렇게 해야지!"

쿠베르펜 남작은 잠시도 말을 멈추지 않았다.

펜슬림픽에 참가하는 선수들은 모두 쿠베르펜 남작이 자기들보다 더 긴장한 모양이라고 생각했다.

마침내 일요일 밤이 되었다. 개막식이 열릴 시간이 다가왔다. 필기구들은 모두 펜슬림픽 경기장 밖에 같은 팀끼리 옹기종기 모여 섰다. 시애라와 말콤의 필기구들은 출전 선수를 내지 못한 다른 필통의 연필들과 함께 개막식의 시작을 거꾸로 세고 있었다.

"십, 구, 팔······."

페니는 산들바람에
나부끼는 깃발들을
둘러봤다. 그 위에
그려진 그림만 보아
도 어떤 팀의 깃발인
지 쉽게 맞힐 수 있었
다. 주인들 이름의 머리글자 순서대로 줄지
어 선 것도 아니었는데 말이다.

"칠, 육, 오……."

제일 앞자리에는 버트의 팀이 버티고 서 있었
다. 깃발은 온통 검은색이었는데, 한가운데에
해골과 엇갈린 모습의 커다란 뼈 두 개가 자리
잡은 것이 마치 해적선을 떠오르게 했다. 바로 옆 루
시의 팀 깃발에는 먹음직스러운 크림 케이크 한 조각이 그
려져 있었다. 다음은 랄프의 팀이었다. 물론 깃발에는 붉은
색 경주용 자동차가 있었다. 바로 뒤에는 사라의 팀 깃발이
있었는데, 파란색 바탕에 수많은 별과 초승달 하나가 새겨
져 있었다. 그리고 맨 끝 녹색 깃발에는 질겅질겅 슌의 커다

랗고 하얀 이가 그려져 있
었다.

"사, 삼, 이, 일!"

깜빡이 녀석이 이끄는 버
트의 연필들이 깃발을 높이 들고 경기장 안
으로 행진했다. 경기장 안을 가득 채운 연필
들이 큰 박수로 버트의 연필들을 맞이했다. 예
선전 때 자기 팀 선수들을 응원했던 것과 꼭
같은 마음으로 말이다.

다음은 루시의 팀이었다. 스트라이프가 깃발
을 들고 경기장으로 들어오자 더 큰 박수가 터
져 나왔다.

이제 페니의 차례였다. 페니와 맥은 한 팔씩 높
이 들어 깃발을 함께 잡았다. 이들에게 보내는 관
중들의 함성이 어찌나 크던지 귀가 다 먹먹했다. 페
인 선생님의 평소 목소리보다 더 클 정도였다! 페니는 필통
의 일원이라는 사실이 이렇게 자랑스럽게 느껴진 적이 없
다. 그리고 제일 친한 친구인 맥과 함께 이렇게 가슴 벅찬

순간을 함께할 수 있어서 정말 행복했다. 랄프의 필기구들이 모두 경기장 한가운데 지정된 장소로 모였다. 뒤이어 사라의 필기구들도 들어왔다. 폴리가 깃발을 들고 입구를 지날 때, 페니도 다른 필기구들과 함께 손바닥이 아플 정도로 박수를 쳤다. 사실 랄프의 필기구들은 경기장에 모인 다른 필기구들보다 훨씬 더 큰 목소리로 이들을 환영했다. 왜냐하면 사라 필기구들과 제일 친했으니까!

사라의 연필들이 정해진 자리에 서자, 질겅질겅 슌의 팀 깃발을 높이 든 어니가 경기장 입구에 모습을 드러냈다. 경

기장에 모인 연필들은 가장 뜨거운 격려의 박수를 보냈다. 질겅질겅 슌의 필통에서 살아가는 연필들은 항상 언제 깨물릴지 모르는 두려움 속에 있었다. 그것은 뾰족하게 깎이는 것과 더불어 연필들이 가장 두려워하는 것이었다. 그러한 역경 속에서도 꿋꿋하게 살아가는 용감한 꼬마 선수들이 너무나도 대견하게 느껴졌다.

쿠베르펜 남작이 마이크 앞에 서자 모두들 숨을 죽였다.

"안녕하수와, 친애하는 연필과 필기구 여러분. 첫 번째 펜슬림픽의 시작을 선언하게 되어 너무나도 기쁘수와!"

연필들이 모두 환호하며 깃발을 흔들었다.

쿠베르펜 남작의 말이 이어졌다.

"선수들을 대표해 펜슬림픽 선서를 하게 될 연필 친구를 단상으로 모시겠수와. 이 연필은 놀라운 용기를 보여 주었으며, 동료와 스포츠를 위해 헌신했수와. 그 선수는 바로 랄프 필통의 페니!"

경기장에 모인 필기구들이 그 어느 때보다 큰 목소리로 환호해 주었다. 단상을 향해 걸음을 옮기는 동안, 페니는 자기도 모르게 잔뜩 움츠러들고 말았다. 물론 페니는 전에도 관

심을 한 몸에 받아 본 적이 있었다. 하지만 주로 랄프의 연필들 앞이었고, 가끔씩 사라의 연필들이 주목해 준 것이 전부였다. 반 아이들 모두의 필기구들 앞에 홀로 서는 것은 전혀 다른 상황이었다.

페니가 버트 연필들 앞을 지나갔다. 녀석들은 박수 대신 야유를 보내고 있었다. 하지만 페니의 귀에만 겨우 들릴 정도였다. 페니는 무시해 버리고 단상 위에 올랐다. 페니는 녀석들을 위한 아주 특별한 계획을 세워 둔 상태였다.

쿠베르펜 남작에게 마이크를 건네받은 페니가 천천히 입을 열었다.

"펜슬림픽 경기 개막식에 참가한 모든 연필들을 대표해 저는 공명정대한 경기 규칙과……."

페니는 깜빡이 녀석을 뚫어져라 쳐다보며 말을 이었다.

"스포츠 정신을 준수하며, 어떤 경우에도 금지된 물질을 소지하거나 복용하지 않고, 스포츠의 영예와 필통의 명예를 위해 모든 경기에 임할 것을 선서합니다."

연필들이 한마음으로 박수를 보냈다. 페니가 단상에서 내려와 팀으로 돌아갈 때, 깜빡이 녀석조차도 미소 짓는 것처

럼 보였다.

　드디어 펜슬림픽의 성화를 점화할 차례가 되었다. 한 분필이 성화대를 덮고 있는 천을 당기는 동안, 다른 분필 둘이 돋보기를 들고 왔다. 성화대에는 소용돌이 모양의 황갈색 양초가 놓여 있었다. 돋보기를 든 분필들이 달빛을 모아 양초 심지를 비추었다. 그러자 몇 초 지나지 않아 양초 심지에서 연기가 피어오르기 시작했다. 곧 불꽃이 타올랐다. 연필들이 어느 때보다 열광적으로 환호성을 보냈다.

쿠베르펜 남작이 다시 마이크 앞에 섰다.

"오늘 밤은 축제의 밤이수와. 하지만 경기에 출전하는 선수들은 명심할 것! 밤새 파티를 즐겨서는 안 된다는 것을. 앞으로 닷새 동안 계속될 경기 일정이 결코 쉽지만은 않수와. 더구나 매 순간 최선을 다해야 하니까. 하지만 약속하지. 경기에 집중하면 할수록, 금요일 밤에 열릴 폐막식이 더 즐거울 거라는 사실을. 그럼 내일 아침, 100센티미터 깡충뛰기 경기 때 다시 만납시다. 즐거운 시간 보내수와!"

100센티미터 깡충뛰기

펜슬림픽의 첫날이 밝았다. 수정액을 비롯해 모든 필기구들이 아침 식사를 준비해 페니와 맥의 침대로 가져갔다.

"미안하지만 안 되겠어. 너무 긴장이 돼서 아무것도 못 먹겠어."

맥이 눈을 비비며 말했다.

"조금이라도 먹어야 해. 그래야 힘을 내지."

수정액이 맥을 달랬다. 그러고는 맥의 귀에 바짝 대고 나지막이 덧붙였다.

"네가 먹지 않으면 아침을 차리느라 고생한 필기구들이 모두 실망하고 말 거야."

맥이 내키지 않는 표정으로 한 숟가락을 입에 넣었다. 그러더니 꽤나 맛이 좋았던지 순식간에 뚝딱 제 몫을 해치우고 페니의 것까지 먹기 시작했다.

"이봐, 맥! 펜슬림픽 선서에 다른 선수의 아침을 뺏어 먹어도 된다는 말은 없었던 것 같은데."

페니가 맥의 손을 찰싹 때렸다.

수업 끝나는 종이 울렸다. 아이들이 모두 교실을 빠져나가자 필기구들은 서둘러 100센티미터 깡충뛰기 경기장으로 갔다. 경기장 꼭대기에 마련된 깃대에는 여러 필통들의 각기 다른 깃발들이 매달려 바람에 흩날렸다. 확성기를 통해서 신나는 음악도 흘러나왔다. 정말 환상적인 분위기였다.

"행운을 빌어, 페니. 행운을 빌어, 맥. 우리가 아주 가까이에서 열심히 응원할게."

노란 색연필과 초록 색연필이 말했다. 그러고는 관중석으로 가는 대신, 결승선 근처의 작은 상자 안으로 쏙 들어가 버렸다.

"모두 모였나? 페니, 자네가 예선전 우승자니까 1번 레인에서 달리수와. 맥, 2번 레인. 폴리, 3번 레인. 깜빡이, 4번 레인. 스트라이프, 5번 레인. 그리고 어니, 6번 레인."

쿠베르펜 남작이 선수 명단을 점검했다.

연필들은 각자의 레인으로 가서 출발선 앞에 섰다.

"바닥이 좀 끈적거리는 것 같아."

페니가 말했다.

"진짜 그렇네."

맥도 동의했다.

"내 생각도 그래. 그리고 이 냄새는 꼭……."

폴리가 말했다.

바로 그때, 쿠베르펜 남작의 목소리가 확성기를 타고 울려 퍼졌다.

"제자리에, 준비, 출발!"

"드디어 선수들이 출발선을 박차고 달려 나갑니다!"

확성기 너머로 메아리친 것은 놀랍게도 초록 색연필의 음성이었다.

"그게, 선수들 모두가 출발선을 박차고 달려 나가지는 못했습니다. 페니와 맥과 폴리 선수는 출발선을 벗어나는 데 무척 애를 먹은 것 같습니다!"

뒤이어 노란 색연필의 목소리도 들렸다.

"그새 어니 선수가 선두로 나섭니다! 예선전에서는 기록이 제일 뒤졌던 선수인데요, 오늘은 훨

씬 앞서고 있습니다."

"2등은 스트라이프 선수! 그 뒤를 깜빡이가 바짝 뒤쫓고, 페니와 맥과 폴리가 몇 센티미터 뒤에서 달리고 있습니다!"

"어니 선수를 좀 보십시오! 오늘은 아무도 어니 선수를 막지 못하는군요."

"저렇게 울퉁불퉁한 머리를 가진 연필이 공기를 가르며 바람처럼 달릴 수 있다고, 누가 상상이나 했겠습니까?"

"드디어 어니 선수가 결승선을 통과합니다! 펜슬림픽 첫 번째 경기의 우승자네요. 뒤이어 스트라이프, 깜빡이 선수가 들어옵니다. 아, 그리고 페니와 맥과 폴리 선수가 동시에 결승선을 지나면서 공동 4위를 기록하는군요."

초록 색연필이 중계를 마무리하는 사이, 노란 색연필은 어니를 인터뷰하려고 중계실 아래로 내려갔다.

"어니 선수, 이 역사적인 경주에서 승리한 소감이 어떤가요? 해낼 수 있을 거라고 생각했습니까?"

노란 색연필이 어니 얼굴에 마이크를 바짝 갖다 대고 질문을 던지자 가쁜 숨을 고르며 어니가 천천히 입을 열었다.

"음, 저는 그냥 질겅질겅 손의 손이 제 등 뒤에 있다고 상상했을 뿐이에요. 그리고 지난 주 내내 손이 유난히 깨물어 대는 바람에, 요리조리 피하느라 달리기 연습을 아주 많이 할 수 있었어요."

노란 색연필은 마이크를 스트

라이프에게 건넸다.

"스트라이프 선수, 2등으로 결승선을 통과한 것을 진심으로 축하합니다. 놀라지 않았나요?"

"저는 그동안 아주 열심히 연습했어요. 먹는 것에도 주의를 기울였고요. 그러니 전혀 놀랄 일은 아니지요."

스트라이프가 아주 무미건조하게 대답했다.

"그리고 깜빡이 선수, 결과에 만족하나요?"

계속해서 노란 색연필이 물었다.

"물론 마음 같아서는 1등으로 들어오고 싶었지요. 하지만 적어도 꼴찌는 아니니 괜찮습니다."

깜빡이 녀석이 페니와 폴리, 맥을 비웃으면서 얘기했다.

이번에는 공동 4등으로 들어온 세 선수에게 마이크가 돌아갔다.

"마지막으로 세 선수의 이야기를 들어 볼게요. 지금껏 성적으로 보면 첫 번째, 두 번째, 세 번째로 들어올 거라고 예상했는데 말이에요. 무슨 문제라도 있었나요?"

페니가 막 대답을 하려는데, 폴리가 얼른 나서서 대답을 해 버렸다.

"오늘은 다른 선수들이 워낙 잘 달려 주었네요."

"폴리 선수, 말씀 감사합니다. 이상으로 선수들 인터뷰를 마치고 중계실로 마이크를 넘기겠습니다."

중계실의 초록 색연필이 마이크를 넘겨받았다.

"수고하셨어요, 노란 색연필. 그럼 내일 높이뛰기 경기 때 다시 뵙겠습니다. 맥 선수가 예선전과 같이 뛰어난 성적을 낼 수 있을지 벌써부터 기대가 되는군요."

✳

"왜 페니가 바닥이 끈적거렸다고 얘기하도록 내버려 두지 않았어?"

각자의 필통으로 돌아가는 길에 맥이 폴리에게 물었다.

"그때는 이미 경기가 끝난 뒤였잖아. 말했어도 패배를 인정하기 싫어서 오기를 부리는 것처럼 들렸을 거야."

폴리가 대답했다.

"예선전 성적이 좋았던 우리 셋 출발선에만 냄새며 느낌이 풀과 꼭 같은 게 칠해져 있었다니……. 정말 기막힌 우연 아니니?"

페니가 투덜거렸다.

"불평해 봐야 소용없어. 다른 선수들을 깜빡 속이는 짓에 대해 네가 지난번에 귀띔하려 했을 때도 쿠베르펜 남작님은 전혀 관심을 보이지 않았잖아. 게다가 다른 레인에는 풀처럼 끈끈한 게 묻어 있지 않았다고 확신할 수도 없는걸."

폴리가 차분하게 이야기했다.

"그렇다고 깜빡이 녀석이나 스트라이프에게 물어볼 수도 없잖아. 어니한테 물어보는 건 정말 내키지 않고. 그건 어니가 우승할 자격이 없다고 말하는 거나 마찬가지니까."

페니가 생각에 잠겨 말했다.

연필들의 대화를 가만히 듣고 있던 수정액이 말했다.

"그게 뭐였는지 몰라도, 그만 잊고 남은 네 경기에 집중하는 게 좋겠어. 랄프와 사라 숙제에도 좀 신경 쓰고."

✳

그날 오후, 아이들은 또 이상한 그리기 수학 수업을 했다.

랄프가 또 원을 그리고 있었는데, 이번에는 마리코의 도움을 받지 않았다. 대신 랄프는 페니의 허리에 양탄자와 꼭 같은 푸른색의 보드라운 끈을 묶었다. 그러고는 끈의 한쪽 끝을 종이 위에 단단히 고정시키고 페니를 빙글빙글 돌렸다.

문제는 마리코와 함께 돌 때와는 달리, 페니가 항상 출발한 지점으로 돌아올 수 없다는 것이었다. 그래서인지 랄프가 그린 원은 꼭 소용돌이처럼 보였다.

랄프 뒤에 앉은 버트도 원을 그리고 있었다. 점점 얼굴이

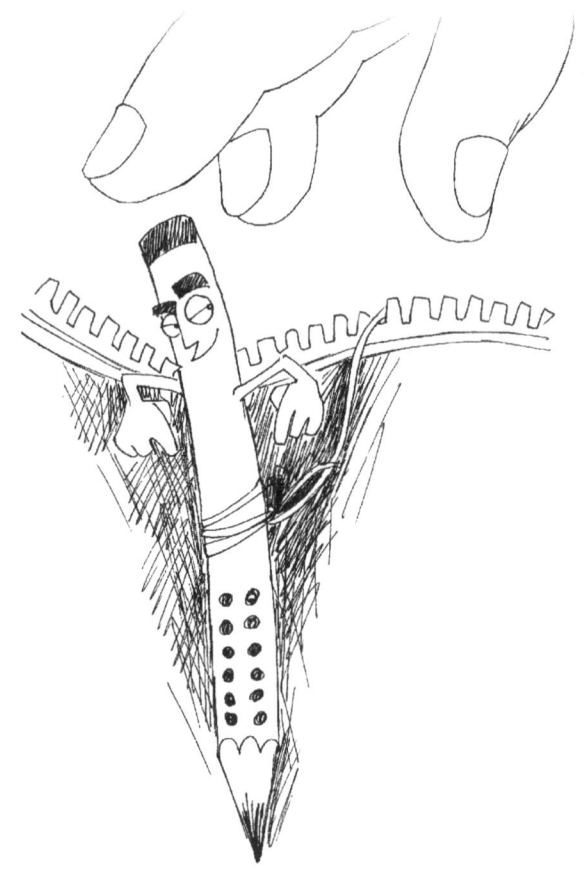

일그러지는 주인과는 달리, 깜빡이 녀석 얼굴에는 웃음꽃
이 피고 있었다. 수업이 끝날 무렵 녀석은 버트가 자기 허리
에서 푸른색 끈을 풀지 않고 필통 속에 던져 넣을 것이라고
확신했다.

높이뛰기

펜슬림픽 두 번째 날 아침, 랄프 필통의 분위기는 전날보다 훨씬 가라앉아 있었다. 맥과 페니가 좋은 성적을 거두지 못하자 모두 크게 실망한 터였다. 오늘 치를 높이뛰기 경기는 맥이 제일 잘하는 종목이었는데도 우승을 확신하지 못할 정도였다.

오전에 체육 수업을 하느라 아이들이 모두 교실 밖으로 나가자, 랄프의 필기구들은 어깨를 축 늘어뜨린 채 필통 밖으로 나왔다. 초록 색연필과 노란 색연필만 신이 난 것 같았다. 오늘도 중계실에서 경기를 해설하기로 되어 있었기 때문이다.

근처에 있는 버트의 연필들이 자만심 가득한 표정으로 저희끼리 뭐라 소곤거리고 있었다.

"저 녀석들, 오늘은 또 무슨 일을 꾸밀까?"

페니가 물었다.

"이번에는 경기장에 고약한 짓을 하기 힘들 거야. 모두 같은 길에서 도움닫기를 하게 될 테니까."

맥이 대답했다.

"저 녀석들한테 그런 건 문제가 안 될걸?"

페니가 애처로운 표정을 지으며 말했다.

"걱정하지 마. 내가 두 눈 부릅뜨고 녀석들을 지켜볼 테니까. 쿠베르펜 남작님도 녀석들이 벌이는 짓을 눈치챌 수 있게 해 볼게."

수정액이 두 주먹을 불끈 쥐어 보였다.

페니와 맥은 쿠베르펜 남작이 선수들을 정렬시키고 있는 출발선으로 갔다. 관중들의 함성과 중계실에서 나는 소리가 뒤섞여 남작의 독특한 말투를 알아듣기가 더욱 힘들었다.

"질겅질겅 솬의 필통에서 출전한 어니 선수가 선두로 나서는 기염을 토한 가운데, 그 뒤를 루시 필통의 스트라이프 선수와 말썽꾸러기 버트 필통의 깜빡이 선수가 바짝 쫓고 있습니다."

초록 색연필이 경기 진행 상황을 조목조목 전했다.

"랄프와 사라의 필통에서 출전한 선수들은 어제 출발선에서 어려움을 좀 겪었지요."

노란 색연필도 한마디 했다.

"오늘은 제대로 실력을 발휘할 수 있기를 빕니다."

초록 색연필이 덧붙였다. 이어서 경기 진행 방식에 대한 노란 색연필의 설명이 이어졌다.

"오늘 경기 진행 방식은 예선전과 조금 다릅니다. 예선전에서는 각자 한 번씩만 뛰었는데, 결승전에서는 봉의 위치를 점점 높여 가면서 오직 한 선수만 남을 때까지 계속 뛰게 됩니다. 마지막까지 남은 바로 그 선수가 우승자가 되겠지요."

곧 경기가 시작되었고, 초록 색연필과 노란 색연필의 중계도 이어졌다.

"맥 선수가 뛸 차례입니다. 10센티미터 높이에 도전하네요. 역시 나무랄 데 없는 도움닫기를 합니다. 이제 땅을 박차고 공중으로 몸을 날립니다. 와, 성공입니다!"

"이제 어니 선수가 뛸 차례군요. 이 선수는 10센티미터 높

이를 성공한 적이 없습니다. 하지만 그렇다고 해서 이 선수의 의지를 꺾을 수는 없겠지요. 어니 선수, 뛰어오릅니다. 그리고 가볍게 성공합니다!"

봉의 높이가 30센티미터로 조정된 세 번째 판에서 상황이 점점 흥미진진하게 변해 갔다. 어니와 폴리가 봉을 넘지 못

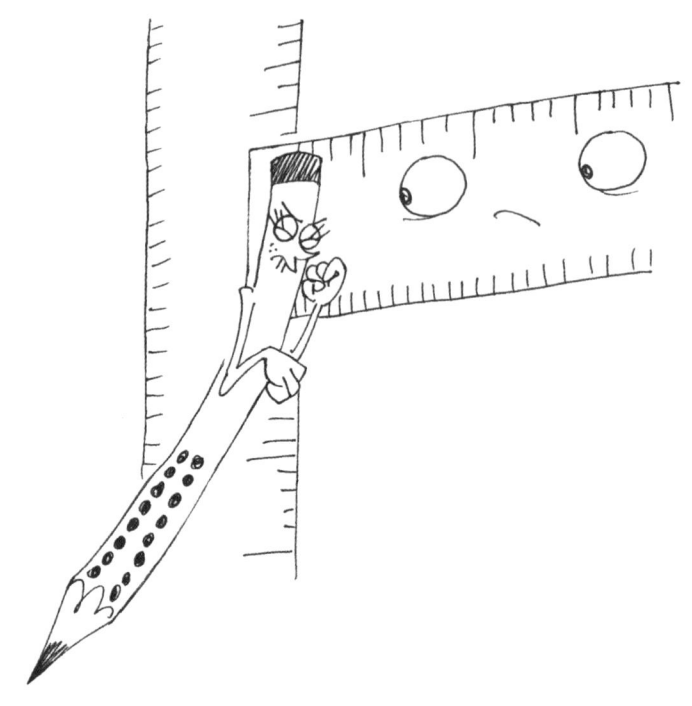

해 탈락되고 만 것이다. 다음 네 번째 판에서, 페니는 깜빡이 녀석을 감시하느라 바빠서 뛰어올라야 하는 순간을 놓쳐 버렸다. 덕분에 봉을 넘는 대신 머리로 봉을 꽝 받아 버렸다.

노란 색연필의 중계가 이어졌다.

"40센티미터를 넘게 될 선수는 모두 셋이네요. 예선전에서 최고의 기록을 낸 맥과 어제 각각 2등과 3등을 차지한 스트라이프와 깜빡이 선수입니다."

맥이 도움닫기를 시작하자 초록 색연필의 목소리가 흘러
나왔다.

"이제 맥 선수가 뛰어오를 준비를 합니다. 오늘 컨디션이
아주 좋아 보이네요. 그런데 이런! 세상에! 맥 선수, 발을 삐
끗하고 맙니다!"

맥은 푸른 양탄자 위에 놓인 같은 색의 가는 끈을 보지
못했다. 버트의 필통에서 온 연필 둘이 그 끈을 가져다 놓
았고, 그들이 양쪽에서 끈을 팽팽하게 잡아당기는 바람에
자기가 발을 삐끗하고 말았다는 사실도 알아채지 못했다.
아주 조심스럽게 상황을 지켜보던 수정액조차도 이들이 만

들어 놓은 덫을 발견하지 못했다.

맥이 아는 것이라고는, 열심히 달리고 있는데 갑자기 땅이 불쑥 솟아올라서 머리와 박치기를 했다는 것뿐이었다. 그런데 맥은 봉 바로 앞에서 넘어지면서 똑딱똑딱 샤프심이 나오게 하는 뚜껑을 땅에 정면으로 부딪쳤다. 이것은 추진력을 발휘해 맥을 위로 솟구치게 했다. 덕분에 맥은 가뿐하게 봉을 넘을 수 있었다.

노란 색연필이 흥분해서 외쳤다.

"맥 만세! 오늘 정말 멋지게 봉을 넘고 있습니다!"

"그런데 저 자세가 경기 규칙에 맞는 건가요?"

초록 색연필이 물었다.

"쿠베르펜 남작이 규칙을 기록해 둔 책에 따르면…… 그러니까 제 대답은…… 맥의 점프는 아무 문제도 없다는 겁니다!"

노란 색연필이 대답했다.

"이제 경쟁이 완전히 새로운 국면으로 접어드는군요."

"스트라이프 선수, 앞으로 나옵니다. 도움닫기를 하고, 뛰어오릅니다……. 이런, 세상에! 봉을 넘지 못하네요."

"이렇게 스트라이프 선수도 높이뛰기 결승에서 탈락하고 마는군요."

중계를 하는 두 색연필의 목소리에도 점점 긴장감이 더해 갔다.

"이제 마지막 도전자만을 남겨 놓고 있습니다. 깜빡이 선수가 이번 높이뛰기를 성공한다면, 맥과 함께 50센티미터에 도전할 자격을 얻게 됩니다. 만일 실패한다면, 맥이 우승하게 되겠지요."

흥분한 초록 색연필이 고래고래 소리를 질러 댔다.

"깜빡이 선수, 도움닫기를 시작합니다……. 봉 앞에서 뛰어오릅니다……. 이런! 깜빡이 선수, 실패하고 맙니다! 봉 근처까지 가지도 못했어요! 맥의 우승입니다. 맥 선수가 우승했어요!"

관중석에서 지켜보던 랄프의 필기구들이 모두 경기장으로 달려와 맥을 에워싸고 승리를 축하했다.

"그럼 내일 같은 시각, 같은 장소에서 다시 뵙겠습니다. 멀리뛰기에서도 오늘처럼 좋은 결과가 있기를 빕니다."

"지금까지 노란 색연필, 초록 색연필이었습니다. 이상으로 오늘 중계를 모두 마칩니다."

방송을 마무리한 두 색연필은 중계실을 허둥지둥 빠져나
갔다. 그리고 랄프의 다른 필기구들과 함께 맥의 승리를 진
심으로 축하했다.

파티는 쉬는 시간, 점심시간, 오후 수업 시간 내내 계속되
었다. 수업이 모두 끝나고 난 뒤에야 페니와 얼룩이와 수정
액은 겨우 맥과 얘기를 나눌 수 있었다.

"도대체 무슨 일이 있었던 거야?"

페니가 물었다.

"아무 일도 없었어. 그냥 발을 삐끗했던 것뿐이야."

맥이 대답했다.

"하지만 너무 세게 착지했는걸!"

눈에 시퍼런 멍 자국이 남은 꼬마 맥이 고개를 불쑥 내밀며 말했다.

"도대체 왜 발을 삐끗한 건데?"

얼룩이가 답답한 듯 물었다.

페니는 맥의 샤프심을 가까이에서 살펴봤다. 그리고 심 끝에 붙어 있는 것을 집어 들었다. 그것은 꼭 푸른색의 가는 실처럼 보였다.

"그게 뭐야?"

수정액이 물었다.

"내가 잘못 본 게 아니라면, 이건 아이들이 어제 수학 시간에 사용했던 바로 그 푸른색 끈이 분명해."

페니가 대답했다.

"이거, 양탄자 색깔과 똑같잖아!"

얼룩이가 소리쳤다. 그러자 페니가 수정액에게 물었다.

"깜빡이 녀석이 맥을 골탕 먹이려고 버트의 연필들을 이용한 것 같지 않아?"

수정액은 곰곰 생각하더니 입을 열었다.

"그랬다고 해도 놀랄 일은 아니지. 아주 가까이에서 본다고 봤는데, 그렇게 가늘고 양탄자 색깔과 똑같은 무엇이 있을 거라고는 생각도 못했어. 그나저나 너도 녀석들의 덫에 걸렸던 거야, 페니?"

"아니, 난 실수를 했던 것뿐이야."

페니가 고개를 저었다.

"음, 깜빡이 녀석이 뭔가를 꾸미고 있는 게 분명해. 너희 둘은 내일 조심, 또 조심하는 게 좋겠다."

수정액이 심각한 표정으로 말했다.

13

금지된 물질

랄프의 필통 안은 그날 밤 내내 잔뜩 들떠 있었다. 그래서 페니와 맥도 깜빡이와 그 녀석이 세울 몹쓸 계획에 대한 걱정을 잠시 접어 두었다.

랄프의 숙제를 모두 마친 다음, 페니와 맥은 시간을 내어 멀리뛰기 연습을 했다. 예선전보다 훨씬 좋은 기록이 나오자, 페니와 맥은 어서 펜슬림픽 셋째 날이 밝아 오기만을 손꼽아 기다렸다.

"펜슬림픽의 새날이 밝았습니다!"

"세 번째 종목인 멀리뛰기 시합을 앞두고 펜슬림픽의 열기가 점점 더 뜨거워지고 있습니다. 그럼 지금까지의 종합 성적을 잠깐 살펴보도록 하겠습니다."

두 색연필의 중계가 펜슬림픽 셋째 날을 활짝 열었다.

"지금까지 100센티미터 깡충뛰기와 높이뛰기 경기가 치러졌는데요, 루시 필통의 스트라이프 선수가 4점으로 선두를 달리고 있습니다!"

루시의 연필들이 큰 박수를 보냈다. 스트라이프는 손을 번쩍 들어 친구들의 격려에 답례했다.

"2등은……. 아, 세 선수가 동점을 기록하고 있군요. 먼저 깡충뛰기에서 우승한 어니 선수!"

질겅질겅 손의 연필들이 열광적으로 환호했다.

"다음은 높이뛰기에서 승리한, 맥 선수!"

랄프의 연필들이 흥분해서 경중경중 뛰었다.

"그리고 깡충뛰기에서 3등, 높이뛰기에서 공동 2등을 기록한, 깜빡이 선수!"

버트의 연필들이 목청껏 함성을 질렀다. 그 소리가 어찌나 요란했던지, 옆에서 듣고 있는 연필들의 등골을 오싹하게 만들 정도였다.

"점수를 얻지 못한 팀은 사라의 필통밖에 없네요. 그러니 폴리가 오늘 좋은 성과를 이뤄 낼 수 있을지 모두 함께 지켜봐 주세요!"

"맥 선수가 예선전에서 가장 멀리 뛰었지요. 오늘도 그렇게 멋진 모습 기대합니다."

"네, 맥 선수의 다리에는 스프링이 많이 들어 있지요. 어제 보니 모자 속에도 있던걸요!"

관객들이 웃음을 터뜨렸다.

두 색연필의 숨 가쁜 중계가 계속되었다.

"쿠베르펜 남작님이 호루라기를 불고 있습니다. 드디어 스트라이프 선수, 출발합니다!"

스트라이프가 힘차게 도움닫기를 했다. 깡충뛰기 때보다 훨씬 더 빨랐다. 우아하게 구름판을 디딘 스트라이프는 마치 새처럼 공중으로 날아올랐다. 그러고는 착지판 중간에 사뿐히 내려앉았다.

감탄한 노란 색연필의 목소리가 떨렸다.

"정말 환상적인 멀리뛰기였습니다!"

"그렇습니다. 스트라이프 선수, 예선전에서는 가장 짧은 거리를 뛰었는데 말이지요. 이건 정말 예상 못했던……."

"아니, 저게 뭐지요?"

두 색연필이 깜짝 놀라 동시에 외쳤다.

분필 몇몇이 어깨 위에 무언가를 얹고서 경기장 안으로 들어오고 있었다.

"저건 루시의 필통 아닌가요?"

초록 색연필이 물었다.

분필들이 루시의 필통을 쿠베르펜 남작 앞에 내려놓았다.

남작은 손짓으로 스트라이프를 불렀다. 스트라이프는 어리
둥절한 표정으로 필통을 향해 걸어왔다.

쿠베르펜 남작은 페니에게도 오라고 손짓을 했다. 페니는
더 어리둥절한 표정으로 서둘러 다가갔다. 쿠베르펜 남작이
천천히 입을 열었다.

"오늘 아주 슬픈 소식을 들었수와. 정말 슬픈……. 누군가
모두를 깜빡 속이는 짓을 했수와!"

경기장에 모인 모든 필기구들이 숨을 죽였다. 페니는 눈
을 가늘게 뜨고 깜빡이 녀석을 쳐다봤다. 하지만 녀석은 전
혀 죄의식을 느끼거나 걱정하는 눈치가 아니었다. 오히려 당

당한 표정으로 고개를 빳빳이 들고 있었다.

"페니 선수."

"왜 그러세요?"

쿠베르펜 남작이 자기를 호명하자 페니는 걱정이 되었다.

"아니, 아니. 자네를 탓하려는 것이 아니야. 나는 다만 자네가 모든 연필들 앞에서 했던 선수 선서를 다시 한번 낭독해 줬으면 하수와."

이 말을 하고서 쿠베르펜 남작은 스트라이프를 똑바로 쳐다보며 덧붙였다.

"특히 규칙에 관한 부분을 말이네."

페니가 선수 선서를 낭독하기 시작했다.

"공명정대한 경기 규칙과 스포츠 정신을 준수하며, 어떤 경우에도 금지된 물질을 소지하거나 복용하지 않고……."

"마지막 다섯 마디를 다시 말해 줄 수 있수와?"

선서를 낭독하는 중에 쿠베르펜 남작이 끼어들었다.

페니가 그 부분을 다시 낭독했다.

"금지된 물질을 소지하거나 복용하지 않고……."

"금지된 물질을 소지하거나 복용하지 않고! 그런데 이 안에 뭐가 들었는지 아나?"

쿠베르펜 남작은 흥분을 감추지 못하고 소리쳤다. 그러고는 한 분필에게 루시 필통의 지퍼를 열라고 고갯짓을 했다.

분필이 지퍼를 천천히 당겼다. 그러자 포장된 컵케이크 한 조각이 튀어나왔다. 놀란 관중들이 모두 숨을 멈췄다. 하지만 가장 놀란 것은 스트라이프였다.

분노한 쿠베르펜 남작의 얼굴이 점점 붉게 변했다.

"이 컵케이크는 건강한 육체와 정신을 만들어 주는 건강한 식품이 아니수와! 다시 말해, 금지된 물질이지! 그래서 이것으로 자네의 선수 자격을 박탈하네!"

"하지만 전⋯⋯."

"입 다물도록!"

스트라이프가 무어라 말하려는데 쿠베르펜 남작이 버럭 소리를 질렀다.

"하지만 이건 제 것이 아니⋯⋯."

스트라이프가 떨리는 목소리로 이의를 제기했다.

"그건 자네 필통 속에서 발견되었어."

쿠베르펜 남작이 딱 잘라 말했다.

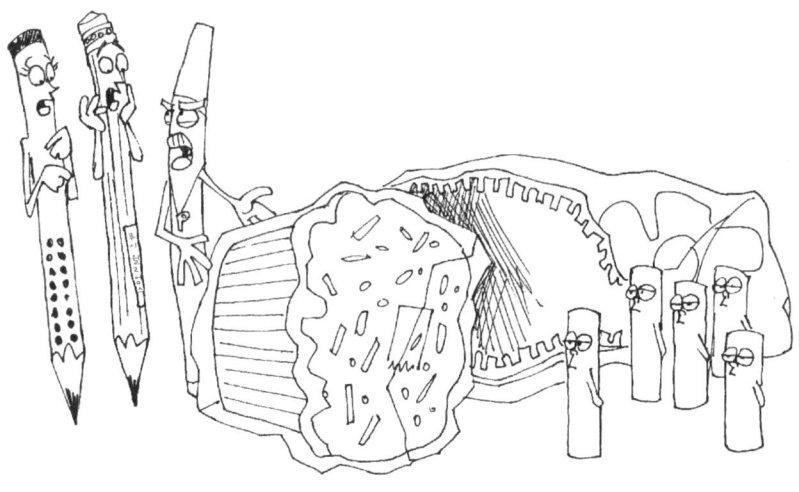

페니와 폴리가 서로를 쳐다봤다. 둘 다 루시의 필통에 들
어가 본 적이 있었다. 그곳은 연필들만 들어가기에도 아주
비좁았다. 그런데 그 안에 저렇게 큰 컵케이크가 들어 있었
다니!

쿠베르펜 남작이 분필에게 이야기했다.

"컵케이크와 이 선수를 당장 내 눈앞에서 치워 주게."

스트라이프와 컵케이크는 분필들에게 둘러싸여 경기장 밖
으로 쫓겨났다. 케이크 조각이 그려진 깃발도 깃대에서 내려
졌다.

"그럼 경기를 계속하수와."

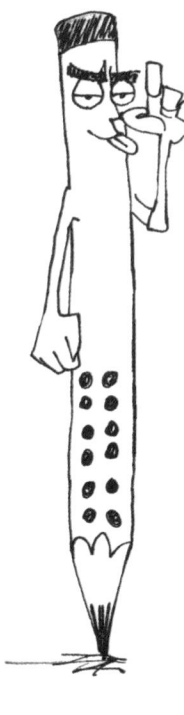

쿠베르펜 남작이 말했다.

페니는 스트라이프가 걱정되어 견딜 수가 없었다. 경기에 집중하기 힘들 정도였다. 연필들은 모두 돌아가면서 멀리뛰기를 했다. 그리고 마침내 페니와 깜빡이 녀석만이 남았다. 깜빡이 녀석은 그리 멀리 뛰지 못했다. 이제 페니의 차례였다. 녀석보다 멀리 뛰면, 승리는 페니의 몫이 될 것이었다.

깜빡이 녀석이 착지판 밖으로 나오면서 페니에게 혀를 쏙 내밀었다. 그뿐이었다. 페니는 마음을 다잡았다.

페니는 머릿속에서 깜빡이 녀석에 대한 나쁜 생각들을 떨쳐 내려고 애썼다. 그리고 멀리멀리 날아가 착지판 반대쪽 끝에 내려앉는 상상만 했다. 도움닫기판을 달리고 달려 착지판 한가운데에 내려앉으리라 마음먹었다.

쿠베르펜 남작이 호루라기를 불었다. 페니는 심호흡을 한 번 크게 하고서 출발했다. 점점 빠르고 큰 보폭으로 도움닫

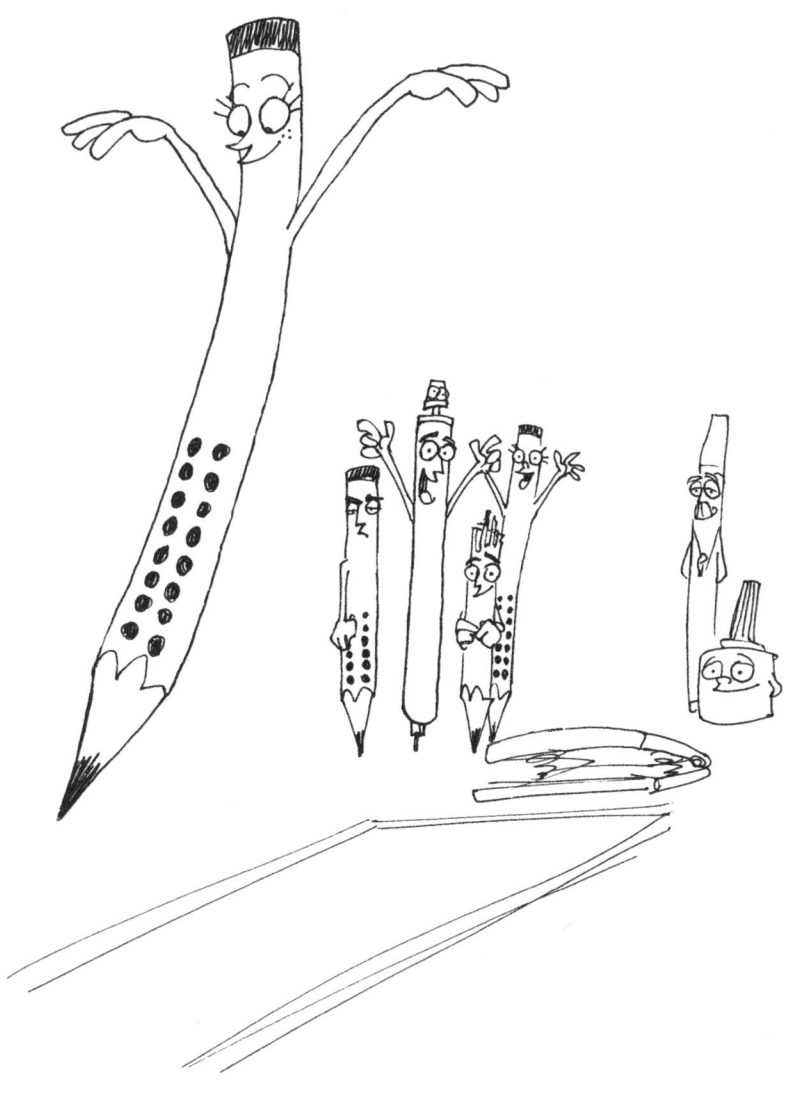

기를 하던 페니가 드디어 구름판에 닿았다. 페니는 하늘을 향해 뛰어올랐다. 그리고 착지판 한가운데에 안전하게 내려앉았다. 랄프의 연필들이 모두 자리에서 일어나 열렬히 환호했다.

"우승자는, 페니 선수! 2등은 깜빡이, 3등은 폴리!"

중계실에서 노란 색연필이 외쳤다. 목소리가 어찌나 크던지 확성기가 따로 필요 없을 정도였다.

"멀리뛰기를 마친 지금, 깜빡이 선수가 5점으로 선두에 나섰습니다. 어니, 맥, 페니 선수가 3점으로 공동 2등이군요. 그리고 폴리 선수, 오늘 드디어 1점을 획득하는 데 성공했습니다."

초록 색연필의 설명이 이어졌다.

"만약에 페니와 맥의 점수를 합산한다면, 랄프 필통이 우승을 하겠네요!"

노란 색연필이 신이 나서 말했다.

"쉿! 공정한 중계를 해야죠."

초록 색연필이 주의를 주었다. 하지만 노란 색연필은 쿠베르펜 남작의 말투까지 흉내 내며 시치미를 떼었다.

"그럼, 페니와 맥 선수가 조정 경기를 펼치는 운동장 수돗가에서 내일 다시 만나수와!"

14

방해 작전

랄프의 필통 안은 온통 행복에 젖어 있었다. 잔뜩 들뜬 필기구들이 주위를 에워싸고 있어서 페니와 맥은 수업 시간에도 필통 밖으로 나갈 수 없었다.

랄프가 필통 안으로 손을 넣어 페니를 꺼낼 때, 색연필들이 몽땅 페니를 붙잡고 늘어졌다. 그 바람에 반이나 되는 필기구들이 페니와 함께 필통 밖으로 딸려 나왔을 정도였다!

"오늘 무슨 일 있었니?"

랄프가 필기구들을 책상 위에 와장창 쏟아 놓자 사라가 물었다.

"오늘 아침에 버트 녀석 때문에 넘어진 뒤로 팔이 좀 이상해. 그 녀석, 실수인 척했지만 일부러 그런 게 분명해."

랄프가 자기 팔을 주무르며 말했다.

"페인 선생님께 말씀드렸어야지……."

사라가 버트를 못마땅하게 쏘아보며 얘기했다.

그때 버트가 자기 컴퍼스를 집어 들더니 그걸로 사라를 가리키며 이죽거렸다.

"이제 똑바로 앉아서 선생님 말씀 잘 듣는 착한 학생이 되지 그래?"

"너 그 뭉뚝한 걸로 다시 한번 나를 가리키면, 정말 선생님께 말씀드릴 거야."

사라가 경고했다.

"이건 뭉뚝한 게 아니라, 침이라고 하는 거야. 난 네가 꽤 똑똑한 줄 알았는데, 아닌가 보네."

버트가 비아냥거렸다.

"난 침이라는 건 훨씬 더 뾰족한 걸 가리키는 말인 줄 알았거든."

사라가 앞으로 휙 돌아앉으며 말했다.

페니가 랄프의 어깨 너머로 고개를 삐죽 내밀었다. 버트 컴퍼스의 길고 가는 다리가 한쪽으로 휘어진 것이 보였다.

'어쩌다가 저렇게 된 걸까?'

랄프가 마리코의 고리 사이로 페니를 쏙 집어넣는 동안, 페니는 연신 고개를 갸웃거렸다. 하지만 어느새 그 일을 까맣게 잊고 말았다. 마리코와 함께 완벽한 원들을 그리고 또 그리느라 정신없이 바빴기 때문이다.

⁂

다음 날 아침 학교에 왔을 때도, 랄프는 여전히 팔이 아팠다.

"얼른 팔이 나아야 할 텐데. 이제 학보자달이 이틀밖에 안 남았단 말이야. 게다가 넌 버트를 꺾을 수 있는 유일한 희망이야. 너 작년에 방송국에서 쿨 경관 프로에 특별 출연 할 어린이 뽑을 때 기억나? 저 녀석 자기가 뽑혔다고 얼마나 으스댔냐고. 물론 다른 사람들을 깜빡 속인 거였지만."

사라가 랄프를 걱정하면서도 주의를 주었다.

"점수가 지워지지 않았다면 내가 저 말썽꾸러기 녀석을 훨씬 앞섰을 텐데. 어떻게 된 일인지 알 수는 없지만."

랄프가 투덜거렸다.

"나도 알지. 아무래도 난 이번 일을 꾸민 것도 버트일지 모른다는 생각이 들어!"

사라가 고개를 끄덕였다.

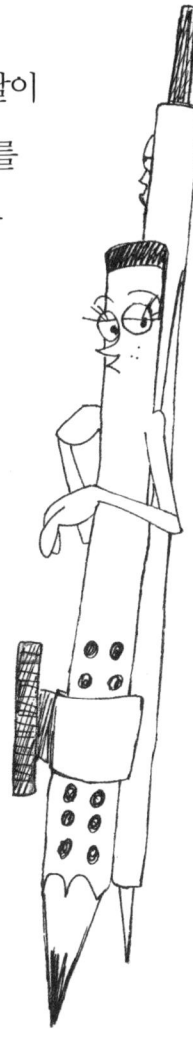

"우리도 오늘 녀석의 점수를 바꿔 놓을 수 있지 않을
까……."

랄프가 조심스럽게 말을 꺼냈다.

"그렇게 비열한 짓은 하고 싶지 않아. 정말 그 녀석을 이기
고 싶다면, 정정당당한 방법을 써야지."

사라가 힘주어 말했다.

어깨가 축 늘어진 랄프나 사라와는 달리, 연필들은 한껏 들떠 있었다. 랄프의 연필들은 너무나도 행복했다. 단체전 우승이 코앞으로 다가왔기 때문이다. 사라의 연필들도 마찬가지였다. 폴리가 마침내 점수를 얻은 것이다. 질겅질겅 숀의 연필들도 기뻤다. 열심히 연습해서 빨리 달릴 수 있게 되면, 누구나 숀 이빨의 무시무시한 위협으로부터 벗어날 수 있다는 사실을 배웠으니까. 버트의 연필들도 신이 나 있기는 마찬가지였다. 하지만 다른 연필들과는 그 이유가 많이 달랐다.

"조정 경기는 예선전을 치르지 않았기 때문에 선수들이 공식적인 경주를 벌이는 것은 이번이 처음입니다. 어떤 경기가 펼쳐질 거라고 예상하세요?"

확성기 너머로 초록 색연필의 목소리가 들려왔다.

"글쎄요. 연습 경기에서는 사라 필통의 폴리 선수가 가장 뛰어난 기량을 보여 주었지요. 하지만 페니와 맥도 만만치 않은 경쟁자가 될 것 같네요."

노란 색연필이 제법 심각한 톤으로 대답했다.

"그리고 어니와 깜빡이 선수도 눈여겨봐야 할 겁니다. 지금까지 예선전에서 뛰어난 기량을 보여 준 선수들이 정작 결승전에서는 고전을 면치 못했으니까요. 그러니 오늘도 승리가 어떤 선수에게 돌아갈지 장담할 수 없는 상황입니다."

초록 색연필이 덧붙였다.

"아무리 그래도 절대 네가 우승할 순 없을걸."

폴리를 쳐다보면서 깜빡이 녀석이 웅얼거렸다.

"뭐라고?"

폴리가 물었다.

그때 쿠베르펜 남작의 목소리가 울려 퍼졌다.

"준비!"

폴리는 배 양쪽의 노를 단단히 움켜잡은 채 깜빡이 녀석에 대한 생각을 잊으려고 애썼다.

쿠베르펜 남작이 경기의 시작을 알렸다.

"출발!"

"선수들이 출발했습니다!"

두 색연필의 중계도 시작되었다.

"1번 레인의 폴리 선수, 출발이 좋군요. 앞으로 쭉 나갑니다. 3번 레인의 페니 선수가 폴리 선수를 바짝 뒤쫓고 있습니다. 맥과 깜빡이 선수도 그리 많이 뒤지지는 않는군요. 그리고 어니 선수, 아무래도 계속 제자리를 맴돌고 있는 것 같습니다!"

중계실의 목소리가 점점 커졌다.

"폴리와 페니 선수가 점점 더 앞으로 나갑니다. 마치 경기장에 두 배만 있는 것처럼 보일 정도입니다."

폴리는 아주 열심히 노를 젓고 있었다. 그러다 문득 발이
차갑고 축축하다는 사실을 깨달았다. 폴리가 아래쪽을 쳐
다봤다. 배 바닥에 뚫린 구멍으로 물이 계속 들어오고 있었
다. 폴리 배가 가라앉고 있었다!

"이런, 안 돼."

폴리는 더 열심히 노를 저었다. 그럴수록 배는 점점 더 빨리 물속으로 가라앉았다.

두 레인 떨어진 곳에서 노를 젓던 페니가 드디어 폴리를 따라잡았다.

"도와줘!"

옆으로 지나가는 페니를 향해 폴리가 간절히 외쳤다.

"무슨 일 있니?"

페니가 친구를 쳐다보며 걱정스럽게 물었다.

"내 배의 바닥에 구멍이 났어. 지금 가라앉고 있다고!"

폴리가 다급하게 소리쳤다. 그러자 페니는 노 젓던 것을 멈추고 배를 돌렸다.

"페니 선수, 지금 뭐 하는 거죠?"

중계실에서 당황스러운 목소리가 들려왔다.

"폴리 선수를 구하러 가는 것 같은데요."

"하지만 일단 자기 레인에서 벗어나면, 실격 처리가 되고 말 텐데요! 그러지 마, 이 바보야……."

노란 색연필의 목소리가 끊겼다. 수정액이 확성기 전선을 뽑아 버렸기 때문이었다. 수정액은 이 일로 두고두고 노란

색연필의 구박을 받아야 했다.

페니는 서둘러 폴리의 레인으로 노를 저어 갔다. 다행히 늦기 전에 도착할 수 있었다. 폴리 배의 제일 윗부분만이 겨우 물 밖으로 나와 있었다. 페니는 폴리 배의 왼쪽으로 가려고 오른쪽으로 노를 저었다. 그리고 마침내 친구를 무사히 구해 냈다.

그러는 동안 깜빡이 녀석과 맥, 어니까지 결승선을 통과했다. 하지만 페니가 폴리와 함께 네 번째로 결승선을 통과할 때 가장 큰 박수가 쏟아졌다.

＊

경기가 모두 끝난 후에 페니는 폴리와 함께 수돗가에 앉아 있었다. 분필들이 물속에서 폴리의 가라앉은 배를 건져

올릴 때까지 기다리는 중이었다.

"여기가 문제였네."

조사를 맡은 분필이 말했다.

배 바닥에 검은색으로 커다랗게 X 표시가 되어 있고, 그 한가운데에 구멍이 뚫려 있었다. X 표시를 슬쩍 본 페니가 몸을 떨었다. 페니는 그 잉크의 정체를 한눈에 알아보았다.

"저건……?"

폴리가 눈을 동그랗게 뜨며 말했다. 그러자 페니가 고개를 끄덕였다.

"검은 매직펜의 잉크지. 그 녀석 처음부터 줄곧 여기 있었던 게 분명해. 그리고

이번에는 정말 비열했어.”

랄프의 필통으로 돌아온 페니와 폴리가 수정액, 맥, 얼룩이에게 자기들이 발견한 것을 자세히 설명했다.

“그리고 깜빡이 녀석도 관련된 게 틀림없어. 그 녀석, 조정경기가 시작되기 직전에 나를 보면서 뭐라고 중얼거렸거든.”

폴리가 덧붙였다.

“검은 매직펜은 정말 악마 같은 녀석이야. 배를 엉망으로 만든 건 너무 위험한 짓이잖아. 폴리 네가 물에 빠져 죽을 수도 있었다고!”

수정액이 주먹을 불끈 쥔 채 치를 떨자 페니가 폴리의 어깨를 꽉 붙들며 안심시켜 주었다.

“이제 우리 모두 검은 매직펜 녀석이 배에다 X 표시를 했다는 건 알고 있어. 근데 구멍은 어떻게 낸 거지?”

얼룩이가 고개를 갸웃하며 물었다.

“정말 뾰족한 무엇일 텐데.”

맥이 한숨을 폭 내쉬었다.

페니도 생각에 잠겼다. 페니는 얼마 전에 뾰족한 어떤 것을 본 적이 있었다. 원래 용도와는 다른 곳에 사용된 것처럼, 끝이 조금 뭉툭해진 그 물건을 말이다. 페니가 이마를 탁 치며 말했다.

"버트의 컴퍼스야! 버트가 어제 교실에서 자기 컴퍼스로 사라를 가리켰거든. 그런데 원래 뾰족해야 하는 컴퍼스 침이 뭉툭해진 데다 심하게 구부러져 있었어."

"정말 뛰어난 관찰력이야, 페니."

수정액이 박수를 쳤다.

"하지만 검은 매직펜이 왜 내 배를 공격했을까? 그 녀석은 페니의 적이라고 생각했는데."

폴리가 물었다.

"그 녀석, 경기마다 제일 뛰어난 선수를 목표로 삼은 것 같아. 깡충뛰기에서는 너희 셋이 제일 뛰어났는데, 너희들 레인에만 풀칠이 되어 있었지. 그리고 높이뛰기를 제일 잘하는 건 맥이었는데, 발을 헛딛고 말았고."

수정액이 의견을 내놓았다.

"게다가 루시의 필통에서 컵케이크가 발견되었을 때는 스트라이프가 선두를 달리고 있었어."

페니도 수정액의 의견에 맞장구를 쳤다.

"그래, 맞아. 오늘은 폴리가 제일 주목받는 선수였어. 그래서 폴리의 배가 방해 작전의 표적이 된 거야."

맥도 확신에 찬 목소리로 거들었다.

"내일 경기는 양궁이야. 제일 위험한 종목이지. 예선전에서 최고 성적을 낸 선수가 누구였지?"

수정액이 심각한 표정으로 물었다.

맥과 폴리가 동시에 페니를 쳐다봤다. 그리고 페니가 어깨를 축 늘어뜨린 채 대답했다.

"그건 나였어."

＊

한편, 오전 체육 시간에 검은 매직펜 자국이 발견된 곳은 폴리 배의 바닥뿐만이 아니었다. 운동장을 열심히 뛰고 나서 지친 아이들이 의자에 털썩 주저앉자마자, 페인 선생님의 날카로운 호루라기 소리가 교실 안에 울려 퍼졌다.

"대체 이게 누구 짓이지?"

페인 선생님이 버럭 소리를 질렀다.

아이들이 영문을 모른 채 서로를 쳐다보기만 하자 선생님
이 다시 목소리를 높였다.

"어째서 이런……?"

"페인 선생님, 뭘 말씀하시는 거예요?"

사라가 조심조심 손을 들고 물었다.

"점수를 몽땅 지워 버렸잖아!"

벽에 붙어 있던 학보자달체성을 가리키며 페인 선생님이
으르렁거렸다.

학보자달체성은 온통 검은 매직펜 자국으로 가득했다.

잠시 후 선생님이 조금 진정된 목소리로 말했다.

"이제 이 점수들은 아무짝에도 쓸모가 없어졌다. 하지만
괜찮다. 아직 하루가 더 남아 있으니까. 내일 경주를 실시하
겠다. 건강을 지키기 위해 이제까지 배운 모든 것이 그 안에
있다. 민첩함과 체력과 깔끔함이! 그러니 각자의 실력을 십
분 발휘하도록!"

15

목표를 향해 날아라

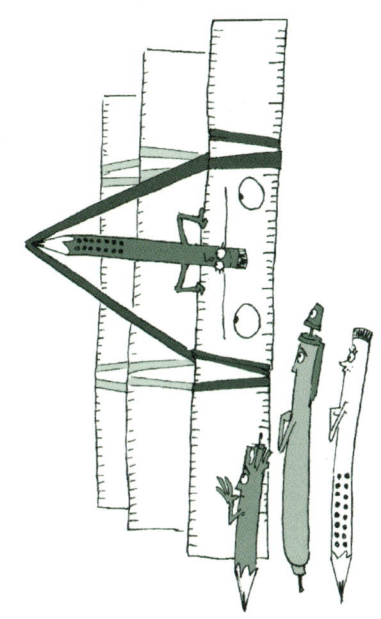

펜슬림픽 마지막 날 아침이 밝았다. 눈을 뜬 페니는 첫날보다 가슴이 더 쿵쾅거리고 있었다. 버트의 연필들은 깜빡이 녀석을 우승시키기 위해 한마음으로 움직였다. 하지만 검은 매직펜의 속셈은 완전히 다른 곳에 있었다. 펜슬림픽 경기 가운데 가장 위험한 양궁이 시작되면, 페니에게 아주 특별한 선물을 줄 계획이었다.

랄프의 필기구들은 모두 페니의 떨리는 마음을 진정시켜 주려고 애썼다. 수정액과 얼룩이는 관중석에서 검은 매직펜이 나타나는지 빈틈없이 감시하겠다고 약속했다. 꼬마 맥도 맥이 경기하느라 바쁠 땐 자기가 대신 경계를 늦추지 않고 살피겠다고 했다. 하지만 다른 연필들에게는 이런 상황을 알리지 않기로 했다. 괜히 모두를 공포에 휩싸이게 만들고

싶지 않았기 때문이다.

페니가 잔뜩 긴장한 채 경기장 안으로 들어설 때, 평소처럼 노란 색연필과 초록 색연필의 중계가 진행되고 있었다.

"이제 단 한 경기만을 남겨 놓고 있는데요, 깜빡이 선수가 8점으로 단독 선두를 달리고 있습니다."

초록 색연필의 목소리가 들렸다.

"2등을 기록하고 있는 선수보다 3점이나 앞서고 있군요. 그러니까 이번 경기에서 점수를 얻지 못한다고 해도 개인전 공동 우승을 차지하게 되겠네요."

노란 색연필이 부연 설명을 했다.

"하지만 깜빡이 선수, 마무리를 잘해야 합니다. 버트 필통에 단체전 우승을 안겨 주려면, 맥과 페니 선수를 앞서야 하니까요."

그리고 각 선수들의 점수에 대한 중계도 이어졌다.

"페니 선수 3점, 맥 선수 5점, 두 선수의 점수를 합치면 8점입니다. 랄프 필통과 버트 필통이 동점이므로 아직 결정된 것은 아무것도 없다는 뜻이지요."

"4점을 얻은 어니 선수와 드디어 1점을 얻은 폴리 선수도 3등 자리를 놓고 치열한 경쟁을 벌이겠지요."

"물론입니다. 하지만 어제 조정 경기에서 페니 선수가 폴리 선수를 구하기 위해서 선두를 포기하지 않았더라면 지금과는 완전히 다른 상황이 되었을 텐데요."

노란 색연필이 페니에 대한 안타까움을 표현했다. 그러자 초록 색연필도 얕은 한숨을 내쉬며 맞장구를 쳤다.

"오늘은 그런 영웅적인 행동을 보게 되는 일이 없기를 빌 뿐입니다."

'보게 될지도 몰라.'

페니는 속으로 생각했다. 그리고 우울한 표정으로 관중석을 꼼꼼히 살폈다. 어떤 것이든, 검은 매직펜의 흔적을 찾아볼 생각이었다.

양궁 경기장의 모양은 말발굽에 붙이는 U 자 모양의 쇳조각, 편자와 비슷했다. 탁 트인 한쪽 끝에는 코르크로 된 메모판이 자리 잡고 있었고, 메모판 위에는 선수들이 한 장씩 사용할 다섯 장의 과녁을 핀으로 꽂아 두었다.

각 과녁의 한가운데는 노란색으로 칠해져 있고 바깥쪽으로 갈수록 빨강, 파랑, 검정 그리고 흰색이 차례로 둘러싸고 있었다. 과녁 맞은편의 경기장 끝에는 다섯 개의 막대자와 고무줄이 놓여 있었다.

경기를 최대한 흥미진진하게 만들기 위해서, 쿠베르펜 남작은 선수들을 다시 한번 거꾸로 성적 순서대로 정렬시켰다. 하지만 이번에는 순서를 약간 비틀었다. 첫 번째는 폴리를, 두 번째는 어니를, 다음은 맥과 깜빡이 녀석을, 그리고 마지막으로 페니를 세운 것이다. 예선전에서 페니의 성적이 제일 좋았을 뿐 아니라, 페니의 점수로 단체전의 승리가 결정되기 때문이었다.

페니는 폴리가 활시위 안으로 들어가는 것을 초조하게 지켜봤다.

"폴—리! 폴—리!"

사라의 연필들이 한목소리로 외쳤다.

폴리가 몸을 곧게 당겼다. 그리고 조심스럽게 과녁을 조준한 뒤에, 활시위를 놓았다. 폴리는 메모판을 향해 마치 화살처럼 곧게 날아가더니 노란색 원 안으로 쏙 들어갔다.

"폴리 선수, 10점을 기록합니다!"

노란 색연필이 소리쳤다.

다음은 어니 차례였다. 몽당연필 어니가 활 위로 기어 올라갈 때, 질겅질겅 씹은 연필들이 휘파람을 불며 격려했다. 어니는 잔뜩 긴장해 있었다. 덜덜 떠느라 조준을 제대로 할 수 없을 정도였다.

떨리는 몸을 겨우 진정시킨 어니가 마침내 활시위를 떠났다. 그리고 메모판을 향해 쏜살같이 날아가 노란색으로 칠

228

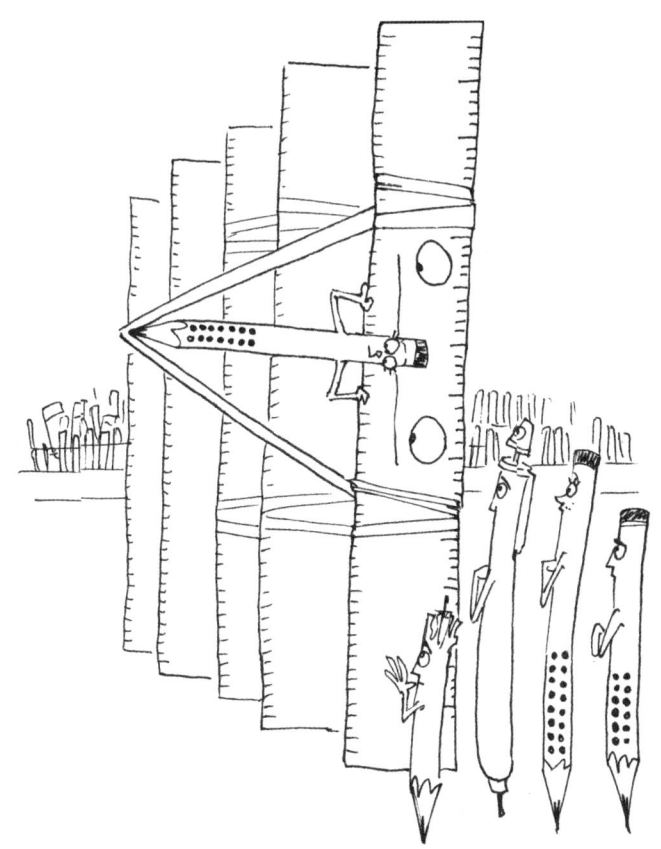

해진 과녁 바로 왼쪽에 꽂혔다.

"어니 선수, 9점을 얻네요."

초록 색연필이 말했다.

이번엔 노란 색연필이 마이크에 대고 요란한 박수갈채를
보내며 외쳤다.

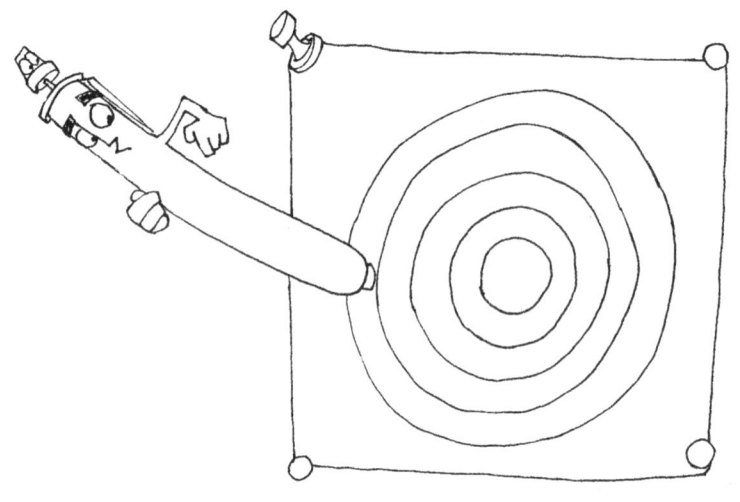

"그리고 이제 맥 선수가 앞으로 나옵니다!"

맥이 자를 붙잡고, 고무줄을 뒤로 늘여 발가락에 끼웠다. 하지만 과녁의 위치를 찾는 데 꽤 오랜 시간이 걸렸다. 페니는 맥을 유심히 살펴봤다. 그리고 맥이 실눈을 뜨고 있다는 사실을 발견했다. 뭔가 반짝이는 것이 맥의 눈에 반사되고 있었다. 맥은 자세를 가다듬은 후에 과녁을 향해 출발했다. 그렇지만 너무 빗나가고 말았다. 맥은 과녁 제일 바깥쪽 흰색 원에 겨우 발가락을 들여놨다. 1점을 얻은 것이다.

"아, 맥 선수가 실수를 하고 맙니다."

중계실에서 초록 색연필이 힘없는 목소리로 말했다.

"그럼 이제 깜빡이 선수가 좀 더 잘할 수 있을지 지켜보겠습니다."

노란 색연필도 잔뜩 풀이 죽은 목소리로 얘기했다.

깜빡이 녀석이 막대자 위로 성큼 올라갔다. 버트의 연필들이 함성을 지르기 시작했다. 깜빡이가 조준을 하고 과녁을 향해 날아갔다. 그리고 허공을 가로질러 과녁의 빨간색 원 안에 꽂혔다.

"깜빡이 선수, 빨간색 원에 들어가 7점을 얻습니다."

초록 색연필이 우울하게 웅얼거렸다. 그러자 노란 색연필이 목을 가다듬으며 말했다.

"페니 선수, 부디 잘해 주길 빕니다. 페니 선수가 6점을 얻으면 랄프 필통이 버트 필통과 동점이 되고, 7점을 얻으면 우승하게 됩니다."

"그렇습니다. 하지만 만약 페니 선수가 실수를 하면, 버트 필통이 승리하게 되겠지요."

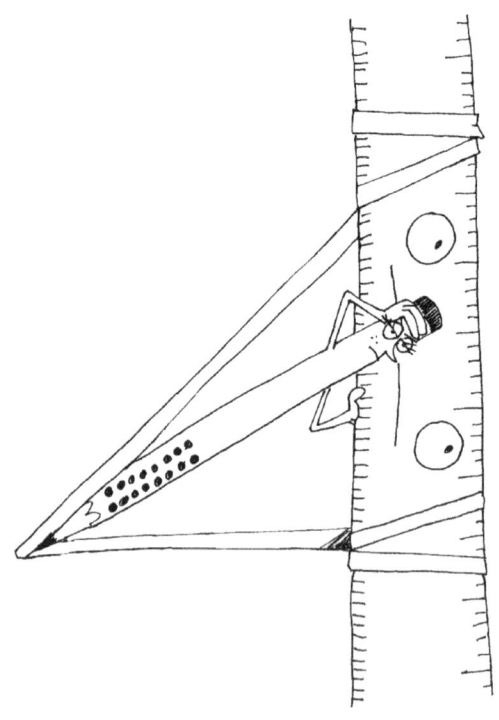

초록 색연필이 덧붙였다.

페니가 활 위로 발걸음을 옮기자 노란 색연필이 말했다.

"그러니 이번 화살에 모든 것이 달려 있군요."

"페니 선수의 어깨가 무겁습니다."

초록 색연필도 진지하게 말했다.

페니가 다리를 바깥쪽으로 힘껏 뻗었다. 발끝에 걸린 고무줄의 힘이 느껴졌다. 페니를 얼른 앞으로 날려 보내고 싶어서 야단인 것 같았다.

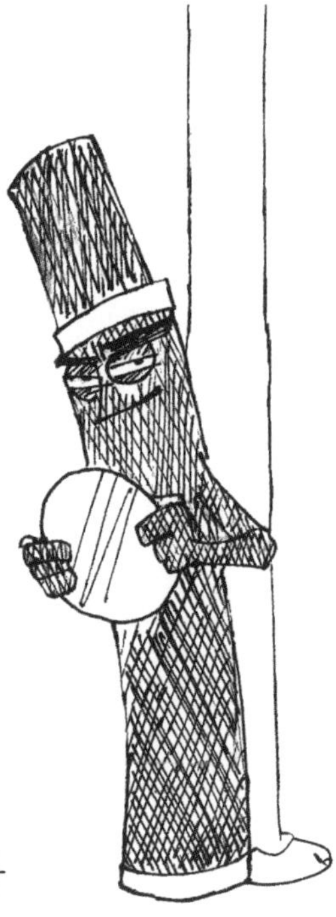

페니는 과녁의 한가운데를 향해 조심스럽게 조준했다. 하지만 어쩐 일인지, 그렇게 하기가 무척 힘들었다. 뭔가 반짝이는 물체 때문에 눈이 너무 부셨다. 페니는 맥이 실눈을 떴던 것을 기억해 냈다. 그리고 문득 이것이 우연의 일치가 아니라는 사실을 깨달았다. 맥이 경기를 치를 때, 누군가 거울을 눈에 비춰 방해를 했던 것이다. 그리고 지금 페니에게도 똑같은 방법을 시도하고 있었다!

페니는 한쪽 팔로 눈을 가렸다. 그리고 눈부신 빛이 시작된 곳이 어디인지 살폈다. 그 빛은 버트 필통의 깃대 바로 아래에서 새 나오고 있었다. 깃대 아래쪽에서 커다란 검은 모양의 물체가 언뜻 보였다. 페니는 그것을 똑바로 보기 위해 몸을 구부렸다.

"페니 선수, 지금 뭐 하는 거지요?"

중계실에서 다급하게 외쳤다.

"완전히 다른 방향으로 조준하는 것 같은데요!"

페니가 활시위를 떠나 공기를 가르며 날아갔다. 하지만 페니의 발끝이 향하는 곳은 과녁과는 멀리 떨어진 곳이었다. 바로 버트 깃대의 아래쪽으로 쏜살같이 날아가고 있었다. 페니의 연필심은 코르크 메모판 위의 종이 과녁 대신 검은 플라스틱 매직펜의 뚜껑에 단단히 박혔다.

"저기, 페니 선수가 박혀 있는 곳이 꼭······."

노란 색연필이 놀라서 말을 잇지 못했다.

"저것이 정말····· 검은 매직펜인가요?"

초록 색연필이 떨리는 목소리로 물었다.

검은 매직펜의 뚜껑은 깃대에 단단히 박혀 있었다. 물론 페니의 연필심 때문이었다. 검은 매직펜과 페니는 서로를 말 똥말똥 쳐다봤다.

"너 아무래도 진 것 같다."

검은 매직펜이 거만하게 말했다.

"그러게. 하지만 오늘 진 건 나만이 아니지."

페니가 단호한 목소리로 말했다.

수정액과 얼룩이와 쿠베르펜 남작이 관중석 꼭대기로 달려왔다. 노란 색연필도 휴대용 마이크를 들고 나타났다.

"이게 뭐지?"

쿠베르펜 남작이 물었다. 남작의 목소리가 휴대용 마이크를 통해 온 운동장에 울려 퍼졌다.

"검은 매직펜이에요. 이 녀석이 경기마다 방해 작전을 펴서 깜빡이 녀석의 승리를 도왔어요."

페니가 대답했다.

관중석의 필기구들은 너무 놀라 숨을 죽였다.

"이 녀석 손에 있는 거울 보이시죠? 이 거울로 맥의 얼굴을 비췄어요. 제가 경기할 때도 제 얼굴을 비췄고요. 그래서 오늘 양궁 경기에서 과녁을 제대로 조준할 수 없었어요. 어제는 이 녀석이 버트의 컴퍼스 침으로 폴리의 배 바닥에다 구멍을 뚫어 놨고요."

페니가 차근차근 설명했다.

"그리고 그 전날, 루시 필통에 컵케이크를 몰래 넣어 둔 것도 이 녀석이에요. 또 그 전날에는 맥이 높이뛰기 하다가 발을 헛딛게 만들었죠."

얼룩이도 거들었다.

"깡충뛰기를 할 때 페니와 맥과 폴리 레인에 풀을 칠한 건 말할 필요도 없고요."

수정액이 마지막으로 검은 매직펜의 악행을 이야기했다.

"왜 아무도 내게 얘기하지 않았수와?"

쿠베르펜 남작이 필기구들을 향해 물었다.

"깜빡이 녀석이 다른 연필들을 깜빡 속이려고 했다는 말씀을 드리려고 했지만, 남작님께서 별다른 관심을 보이지 않으셨기 때문이에요."

페니가 대답했다.

쿠베르펜 남작의 얼굴이 벌겋게 달아올랐다. 페니는 자기 때문에 남작이 화가 많이 난 모양이라고 생각했다. 하지만 그렇지 않았다. 쿠베르펜 남작은 자기 자신에게 화를 내고 있었다.

"세상에서 가장 근사하고, 멋지고, 즐거운 필기구들의 스포츠 축제를 열겠다는 내 꿈만 생각하느라, 그보다 훨씬 중

요한 걸 잊고 있었수와. 가장 중요한 건 정정당당하게 겨루
는 스포츠 정신인데 말이네. 자네들을 이런 위험 속에 빠뜨
렸다니, 정말 미안하수와."

쿠베르펜 남작이 필기구들에게 사과를 하더니 수정액을
향해 고개를 돌렸다.

"토실토실한 친구, 최종 점수를 내고 메달을 수여해 주겠

나? 그러는 동안, 나는 친구들을 깜빡 속인 이 두 녀석들에게 벌을 좀 줘야겠수와. 분필 군, 자네는 깜빡이 녀석과 이이상한 모양의 필기구를 단단히 붙잡고 나와 함께 가세."

"우리를 어디로 데려가려고?"

검은 매직펜이 자기와 깜빡이 녀석을 움켜잡은 분필에게 다급하게 물었다.

"신병 훈련소. 하지만 다른 신병 훈련소와는 많이 다를 거수와. 아주 특별한 프랑스식 신병 훈련소니까."

쿠베르펜 남작이 대답했다. 그러고는 더 이상 한마디도 하지 않았다. 쿠베르펜 남작과 분필은 입을 굳게 다문 채 검은 매직펜과 깜빡이 녀석을 끌고 교실 밖으로 행진했다.

노란 색연필에게서 마이크를 건네받은 수정액이 입을 열었다.

"자, 그럼 메달 수여식을 갖도록 하겠습니다. 선수들은 5분 뒤에 단상 앞으로 모두 모여 주시기 바랍니다. 그동안 저는 얼른 점수를 더하도록 하겠습니다."

✳

같은 시각, 운동장에서도 흥미진진한 일들이 벌어지고 있었다. 페인 선생님은 원뿔 모양의 교통 표지물을 세워 달리기 코스를 표시해 두었다. 하지만 그것은 결코 평범한 모양의 코스가 아니었다. 일단 보통의 달리기 코스처럼 쭉 뻗은 게 아니라 타원 형태의 길이었는데, 놀이 기구를 통과해 코너를 돌면 모험 놀이터로 이어졌다. 게다가 그게 전부가 아니었다. 여기저기에 아주 묵직해 보이는 아령이나 다른 운동 장비들이 놓여 있었다.

페인 선생님이 우렁차게 말했다.

"이건 장애물 경주 코스다. 중간중간 마주치는 장애물을 통과하면서 최대한 빨리 달려야 하지. 올라서 넘어야 하는 장애물도 있고, 어떤 행동을 취해야 하는 경우도 있다. 팔굽혀펴기 열 번, 줄넘기 스무 번, 아령 들어 올리기 같은 것들이다. 각각의 장애물 옆에는 자세한 설명이 적힌 표지판이 있다. 제일 짧은 시간에 장애물 코스를 모두 통과한 학생이 우승자가 된다. 그리고 미리 경고해 두는데, 장애물을 하나라도 건너뛰면 벌칙을 받게 될 것이다. 준비 됐나? 제자리에, 준비, 출발!"

　페인 선생님의 힘찬 호루라기 소리에 경주가 시작되었다. 아이들은 원뿔 모양의 교통 표지물 사이로 난 좁은 길을 잽싸게 달려 나갔다. 첫 번째 코너에 도착했을 때 랄프, 버트 그리고 놀랍게도 사라가 선두로 나섰다.

　코너를 돌자 이들 앞에 첫 번째 장애물이 나타났다. 모험 놀이터로 이어지는 A 자 모양의 벽이었다. 랄프가 벽을 향해 돌진해 세 걸음 만에 닿아 재빠르게 기어 올랐다. 랄프보다 한두 걸음 뒤에 있던 버트가 랄프의 발을 붙잡고 늘어졌다. 하지만 랄프는 간신히 녀석의 손을 뿌리치고 계속 올라갔다. 벽의 꼭대기에 오른 뒤 반대쪽 벽을 타고 내려올 때쯤 버트가 또다시 비열한 생각을 해냈다. 녀석은 일부러 랄프가 앞서도록 놔두었다. 그래야 사다리를 타고 내려가는 랄프의 손가락에 자기 발이 닿을 수 있기 때문이었다. 버트가 있는 힘껏 랄프의 손가락을 밟는 바람에 랄프는 너무 아파서 잡고 있던 사다리를 놓쳤다. 그리고 1미터 아래 바닥으로 떨어지고 말았다.

다행히 랄프는 다친 곳 없이 벌떡 일어났다. 손가락이 너무 쓰라렸지만 그래도 계속 달릴 수 있을 정도는 되었다.

다음 장애물은 아령이었다. 표지판에 적혀 있는 10이라는 글자를 보고 랄프는 아령 열 번 들어 올리기를 시작했다. 그런데 버트는 여덟 번만 들었다 놨다 하더니 슬쩍 달아나 버렸다.

"저 녀석 아무래도 우리를 깜빡 속이는 것 같아!"

랄프가 숨을 헐떡이며 사라에게 말했다.

"걱정 마. 넌 저 녀석보다 훨씬 더 빨리 달릴 수 있잖아. 이제 정정당당하게 저 녀석 코를 납작하게 해 줘!"

아령을 들어 올리느라 벌겋게 달아오른 얼굴로 사라가 소리쳤다.

랄프는 들어 올리기를 두 번 남겨 놓고 그만 아령을 떨어뜨리고 말았다. 사라가 "아야!" 하고 비명을 질렀다. 하필 아령이 사라의 발가락 위에 떨어진 것이다. 버트는 벌써 다음 장애물인 줄넘기를 향해 전력으로 질주하고 있었다.

이번에는 줄넘기를 연속으로 스무 번이나 해야 했는데, 페인 선생님이 아주 꼼꼼하게 지켜보고 있는 구간이었다. 랄프가 줄넘기를 시작했다. 조금 전에 사라가 했던 말을 가슴속에 되새기면서 스무 번을 모두 마쳤다. 그사이 버트는 줄넘기에 발이 걸려서 처음부터 다시 하고 있었다.

랄프가 줄넘기를 내려놓고 다음 장애물인 정글짐을 향해 달렸다. 정글짐은 한 번에 한 칸씩, 떨어지지 않고 건너가야 했다. 만일 중간에서 떨어지면 처음으로 다시 돌아가야 했다. 선생님이 정글짐 옆에 바짝 붙어 서서 누군가의 눈을 깜빡 속이는 녀석들이 없는지 감시하고 있었다. 랄프는 첫 번째 시도에서 정글짐을 무사히 건넜다. 그리고 다음 장애물인 팔굽혀펴기 코스를 향해 숨 가쁘게 뛰었다.

사라와 버트가 나란히 도착했을 무렵, 랄프는 팔굽혀펴기 열 번을 막 끝낸 상태였다.

"어서 가, 랄프!"

사라가 외쳤다.

랄프는 자리에서 벌떡 일어나 마지막 장애물을 향해 전력으로 달렸다. 이번에는 농구 골대가 기다리고 있었다. 농구공을 골대에 스무 번 넣어야 했다. 그러고 나면 결승선을 통과하는 일만 남아 있었다.

랄프가 앞서 던진 열 번의 공은 모두 '획획' 소리를 내며 골대로 쏙쏙 빨려 들어갔다. 그런데 버트가 막 농구대 앞에 도착하자마자 랄프에게 온갖 욕을 퍼부었다. 랄프는 농구공에만 집중하며 마음을 다잡았다. 그랬더니 버트 녀석이 또 치사한 짓을 했다. 랄프가 골대를 향해 공을 던질 때 동시에 자기 공을 던진 것이다. 서로 부딪힌 두 개의 공은 골대를 통과하지 못하고 엉뚱한 곳으로 튕겨 나갔다.

"너 지금 뭐 하는 거야?"

랄프가 외쳤다.

"뭐 하긴. 네 승리를 막고 있지."

버트가 심술궂은 표정으로 깐족거렸다.

"그냥 정정당당한 방법으로 이겨 보는 게 어때?"

랄프가 간절하게 물었다.

"흥! 난 그깟 승리에는 관심 없어. 그냥 네가 지는 걸 보고 싶을 뿐이야."

버트가 이죽거렸다.

휙!

공이 골대 안으로 들어가는 소리가 들렸다. 랄프의 공도, 버트의 공도 아니었다.

휘릭!

버트와 랄프가 고개를 돌리자 사라가 공을 던지고 있었다.

휘익!

사라가 계속해서 공을 던져 넣으며 버트에게 물었다.

"너 여학생한테 져도 아무렇지 않은 거지?"

사라가 버트에게 물었다. 사실 그것은 함정이었다.

버트는 랄프의 슛 방해하기를 멈추었다. 그리고 얼른 골대를 향해 공을 던지기 시작했다. 하지만 너무 늦어 버렸다. 랄프는 이미 10점 차이로 버트를 앞서고 있었고, 버트가 5점을 얻기도 전에 스무 골을 넣는 데 성공했다. 그리고 결승선을 향해 숨 가쁘게 달렸다. 어느새 공을 다 넣은 사라도 랄프 뒤를 바짝 쫓았다.

페인 선생님이 두 사람의 기록을 적어 넣는 동안, 사라와 랄프는 서로 악수를 나누었다.

"랄프, 어서 가서 버트가 일부러 밟은 네 손부터 깨끗하게 씻자. 그 녀석한테 말짱하다는 걸 똑똑히 보여 줘야지!"

16

메달 수여식

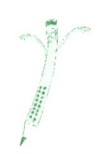

　페니, 폴리, 맥 그리고 어니가 단상 앞에 모여 수정액이 가져올 결과를 기다리고 있었다.

　수정액이 단상을 향해 뒤뚱뒤뚱 걸어 나오자 모두들 큰 박수로 맞이했다.

　"한 선수가 빠졌네요. 스트라이프 선수, 앞으로 나와 주세요."

　수정액의 말에 루시의 연필들이 환호성을 지르며 스트라이프의 등을 떠밀었다. 스트라이프는 얼떨결에 다른 연필들이 서 있는 단상으로 밀려 나왔다.

　수정액이 감사 인사로 말문을 열었다.

　"첫 번째 펜슬림픽에 참가해 좋은 경기를 펼쳐 준 모든 선수들에게 진심으로 감사드립니다."

관중석에서 박수가 터져 나왔다.

"그리고 관중석을 가득 메운 필기구 여러분, 감사합니다. 여러분의 지지와 열광적인 응원 덕분에 이번 펜슬림픽을 영원히 기억에 남을 축제로 만들 수 있었습니다."

펜슬림픽에 참가한 선수들도 두 손을 머리 위로 높이 들어 관중들에게 큰 박수를 보냈다.

"이제 결과를 발표하도록 하겠습니다. 개인전 우승자는…… 총 6점을 얻은 어니 선수!"

단상에 오른 어니의 목에 금메달이 걸렸다. 너무 기쁜 나머지, 질겅질겅 숀의 연필들은 서로 꼭 끌어안고 깡충깡충 뛰었다.

"2등은, 5점을 얻은 맥 선수!"

단상 위의 맥에게 은메달이 수여되었다. 랄프의 연필들은 박수를 치면서 맥을 향해 장미꽃을 던졌다.

"그리고 공동 3위는, 4점을 기록한 폴리 선수와 스트라이프 선수!"

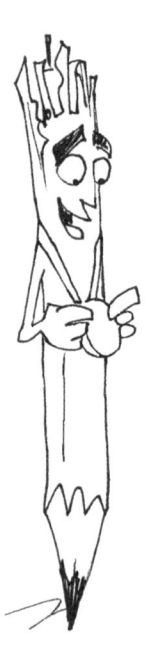

폴리와 스트라이프가 손을 꼭 잡고 함께 단상 위로 올라갔다. 사라와 루시의 연필들이 모두 함께 박수를 보냈다. 이제 단상 앞에는 페니 혼자만 서 있었다.

수정액이 목소리를 가다듬었다.

"그리고 가장 특별한 상이 남아 있습니다."

관중석이 순식간에 고요해졌다.

"단체전 우승 메달은 원래, 가장 많은 점수를 얻은 필통에 돌아가기로 되어 있습니다. 하지만 저는 이 상을 펜슬림픽에 참가한 모든 선수들 가운데 가장 훌륭한 '협동 정신'을 보여 준 연필에게 수여하기로 마음먹었습니다."

여기저기서 필기구들이 만족스러운 표정으로 속삭였다. 수정액이 필기구들의 반응을 기다렸다가 이야기를 계속했다.

"여러분은 선생님과 부모님께 이런 얘기를 많이 들었을 겁니다. 경기를 할 때 중요한 것은 이기고 지는 승부가 아니라, 참가하는 자세라는 말을요. 우리는 이번 펜슬림픽을 통해 아주 훌륭한 예를 직접 볼 수 있었습니다. 선수로서 마땅히 지녀야 할 태도와 최고의 용기를 보여 준 선수가 있습니다. 그것도 몇 번씩이나요. 그 선수는 물에 빠진 두 선수를 구해 냈으며, 오늘은 정정당당한 경기를 위해 기꺼이 승리를 희생했습니다. 올해 최고로 멋지고, 최고로 공명정대한 최고의 선수는 바로 페니입니다!"

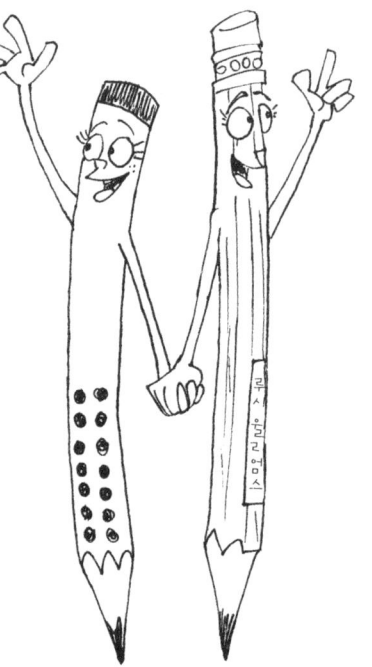

페니가 상을 받기 위해 한 걸음을 앞으로 나오자, 관중석에서 우레와 같은 박수갈채가 쏟아졌다. 그때 어니가 페니에게 손을 내밀었다. 그리고 금메달 수상자만 설 수 있는 제일 높은 단상 위로 페니를 이끌었다.

열화 같은 함성에 묻혀서 필기구들은 하마터면 복도에서 들려오는 아이들 발자국 소리를 놓칠 뻔했다. 수정액이 소리쳤다.

"서둘러! 얼른 각자의 필통으로 돌아가!"

필기구들이 허둥지둥 각자의 필통 속으로 들어갔다. 밖에 남은 분필들은 양궁 경기장을 말끔하게 치웠다.

아이들이 교실로 들어와 각자 자리에 털썩 주저앉자마자 페인 선생님이 호루라기를 불었다.

"랄프가 오늘 장애물 달리기 결승선을 가장 빠른 기록으로 통과했다. 하지만 지금부터 누가 진정한 승자인지 가려내도록 하겠다. 건강을 지키기 위한 세 가지 원칙이 뭔지 아는 학생?"

선생님이 천둥 같은 목소리로 물었다.

사라가 손을 번쩍 들었다.

"그래, 사라. 어디 말해 볼까?"

"민첩함과 체력과 깔끔함입니다, 페인 선생님."

사라가 대답했다.

"아주 정확해. 우리는 알고 있다. 경주에서 누가 가장 빨랐으며, 누가 가장 힘이 셌는지. 하지만 과연 누가 제일 깔끔할까? 모두 두 손을 책상 위에 올린다. 손바닥이 위로 향하도록!"

페인 선생님이 아이들의 손을 꼼꼼하게 검사했다.

랄프와 사라의 손은 눈부실 정도로 깨끗했다. 장애물 달리기를 마친 후에 바로 손을 닦았기 때문이다.

"아주 좋아, 정말 훌륭하군."

페인 선생님이 랄프와 사라 옆을 지나며 중얼거렸다. 그러더니 갑자기 두 사람 등 뒤에서 고래고래 소리를 질렀다.

"아니! 네 손 위에 있는 이 지저분한 것은 뭐지?"

얼굴이 벌겋게 달아오른 버트가 두 손을 어떻게든 감춰 보려고 무진장 애를 썼다. 하지만 페인 선생님은 녀석의 팔목을 단단히 거머쥐며 외쳤다.

"이거 검은 매직펜 잉크 맞지?"

"네……"

버트가 순순히 인정했다.

"이것과 꼭 같은 검은 매직펜 잉크로 학보자달체성 가득 낙서가 되어 있었어. 그렇지?"

페인 선생님이 다그쳤다.

랄프와 사라는 밝게 웃으며 서로를 쳐다보았다.

"그건 실수……"

버트가 변명을 하려 하자 페인 선생님이 말을 막았다.

"아니. 그건 절대 실수가 아니지. 그러니 방과 후에 남아서 반성의 시간을 갖도록 해! 한 달 동안!"

아이들이 저마다 두 손으로 입을 가린 채 키득키득 웃었다.

"다른 학생들은 모두 한 달 동안 아주 열심히 해 주었고, 손도 아주 깔끔했다. 그래서 스워드 선생님께서 상을 주실 거다."

때마침 스워드 선생님이 환하게 웃으며

교실 안으로 걸어 들어왔다. 선생님은 두 손에 케이크 상자를 들고 있었다. 상자 안에 든 것은 그냥 케이크가 아니라 진짜 초콜릿과 버터와 설탕이 듬뿍 들어간 초콜릿 크림 케이크였다.

아이들은 눈 깜작할 사이에 케이크를 먹어 치웠다. 물론 부스러기 하나 남기지 않고 몽땅!

페인 선생님이 스워드 선생님에게 말했다.

"그동안 제가 이 녀석들한테 좋은 식습관을 가르치지는 못했지만, 적어도 깔끔한 것 하나는 확실하게 몸에 배게 만들었네요."

스워드 선생님이 아이들을 향해 말했다.

"페인 선생님은 이제 떠나실 거야. 무슨 말씀을 드려야 할까?"

"안녕히 가세요, 페인 선생님."

아이들이 한목소리로 외쳤다.

"안녕, 얘들아."

페인 선생님도 활기찬 목소리로 외쳤다.

"페인 선생님도 마지막에는 그렇게 나쁘지만은 않은걸."

사라가 랄프에게 속삭였다. 그러자 버트가 입을 열었다.

"내 생각에 페인 선생님은 진짜 고통 그 자체……."

"버트! 너 한마디만 더 하면, 벌이 두 달로 늘어날 줄 알아!"

스워드 선생님이 버트를 나무랐다.

랄프는 필기를 하려고 필통에서 페니를 꺼내며 생각했다.

'모든 것이 제자리로 돌아오니 좋다.'

하지만 페니는 랄프의 생각에 고개를 끄덕일 수 없었다. 세상에서 가장 근사하고 멋지고 즐거운 필기구들의 스포츠 축제, 펜슬림픽이 막을 내려 너무너무 아쉬웠으니까!

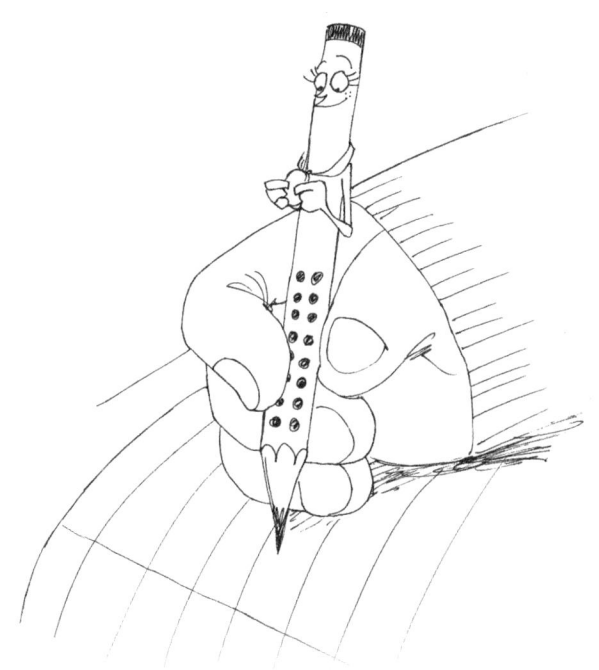